焼けばいいんだ？」
戦闘員、派遣します！
7
COMBATANTS WILL BE DISPATCHED!
ベリアル
BELIAL
キサラギ最高幹部の一人で
通称〝業火のベリアル〟。
安物のコスプレ AV嬢っぽい
幹部服を無事、卒業。
ROKUGOU'S VIEW
胸元をベルトで強調しているのは
なんなんですか？
どうしてすぐエロくなるんですか。
この巻のメインヒロイン

「おい六号。
アスタロト様やリリス様と一緒に写ってる、
このおどおどした感じの美人は誰だ？」

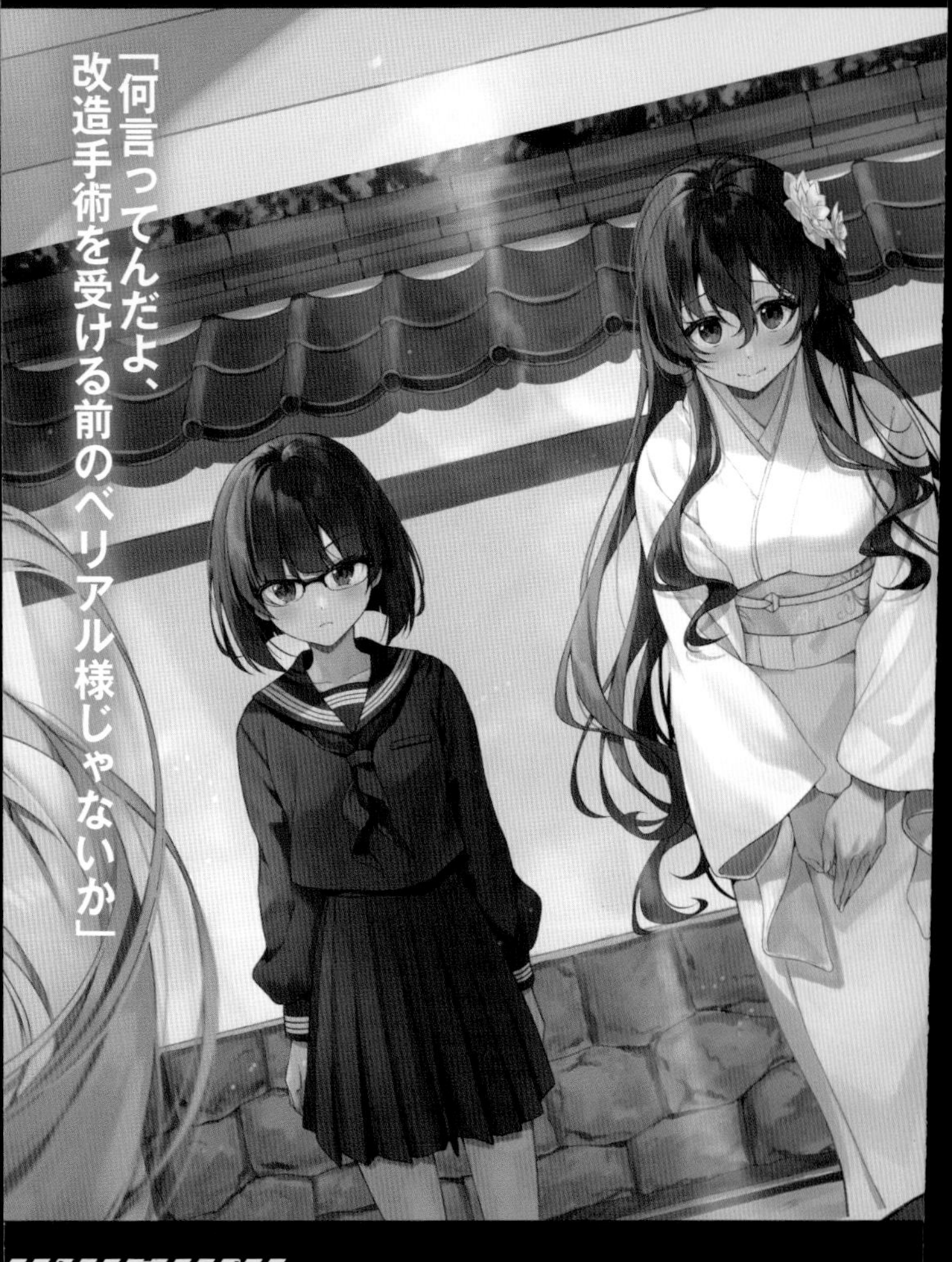
「何言ってんだよ、
改造手術を受ける前のベリアル様じゃないか」

在りし日の3人

「ラアアアア――ッ！」
カチワリちゃん
KACHIWARICHAN

ロゼ
ROSE
「何ですか、やるんですか!? いいですよ、今こそ決着を付けましょう!」
戦闘員六号
SENTOUIN ROKUGOU
喧嘩するほど仲が……?
ROKUGOU'S VIEW
コラッ、お前ら喧嘩すんな!
似たような年なんだから仲良くしろよ!

戦闘員十号
SENTOUIN JUUGOU
フリッツ
FRITZ
「今回の件について謝罪はしよう。その上で、これまでの関係についても維持したいと考えている」

ROKUGOU'S VIEW
しっかりしろアリス、
俺達が変な反応を見せると
振り向かれてバレるだろうが。
キサラギ＝
アリス
KISARAGI ALICE
彼こそが戦闘員十号

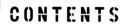

CONTENTS

COMBATANTS WILL BE DISPATCHED

口絵・本文イラスト/カカオ・ランタン

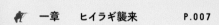

戦闘員、派遣します！7

暁 なつめ

角川スニーカー文庫

23072

プロローグ

俺の部屋を勝手に物色し、アルバムを引っ張り出して眺《なが》めていたアリスが言った。

「おい六号。アスタロト様やリリス様と一緒《いっしょ》に写ってる、このおどおどした感じの美人は誰《だれ》だ？　自分のデータベースには見当たらねえぞ」

誰の事を言っているのかと写真を覗《のぞ》けば、そこにはリリスとアスタロトの間に挟《はさ》まれた美女が、身を縮こまらせてはにかんでいる。

この写真は俺がキサラギに入社して間もない頃《ころ》、アスタロトとリリスが喧嘩《けんか》して、それをこの美女が仲裁し、仲直りの証だと撮《と》らされたヤツだ。

高い身長を気にして、いつも猫背《ねこぜ》気味に体を縮めているその人は。

「何言ってんだよ、改造手術を受ける前のベリアル様じゃないか」

俺の何気なく言った一言にアリスが写真を二度見した。

「……この清楚《せいそ》系の黒髪《くろかみ》美人が、あの真っ赤な髪したベリアル様だって？」

写真に写っているベリアルは、落ち着いた柄《がら》の白い和装だ。

ついでに言えばアスタロトはOLみたいなスーツ姿だし、リリスに至っては学生服だ。

アスタロトは不機嫌《ふきげん》さを隠《かく》しもせず、リリスは真面目《まじめ》な顔で直立したまま笑いもしない。

「そうだよ。改造手術を受ける前のベリアル様はキサラギ一の常識人だったんだ。優しくて清楚で恥《は》ずかしがり屋でエロくって、暇《ひま》を見付けてはからかったもんさ」

「お前はこんな大人しそうな上司にセクハラしたのか」

呆《あき》れたようなアリスの言葉に、当時のベリアルへ思いを馳《は》せる。

「この頃《ころ》のベリアル様は武芸全般《ぜんぱん》に通じている上に頭も良いし、体もエロいし美人なのに、とにかく自分に自信が無くてな。貴方《あなた》は十分魅力《みりよく》的ですよと教えたくて、良かれと思ってセクハラしたんだ」

「セクハラに良かれもクソもねえ、れっきとした悪行だ」

あの人は自分に自信を持てないせいか、異性から好意を寄せられるなんて思いもせず、何かと隙《すき》が多過ぎた。

俺はそれを戒《いまし》めるため心を鬼《おに》にしてセクハラしたのだ。

でも思い返してみればあの人は、俺にわざと隙を見せているというか期待してるというか、あまり嫌《いや》がっている様子は無かった気がする。

「しかし、何があって今のベリアル様になったんだ。手術はリリス様が担当したんだろ？」

リリスからは何も聞いてないのか。

「そうだよ、改造手術はリリス様が施《ほどこ》したんだ。……なあ、ベリアル様がキサラギで一番強い理由を知ってるか？」

「アレだろ、『業火』の名前の元になった発火能力が凄《すご》いんだろ？　後、ベリアル様は全身に施した改造率もキサラギで一番高いと聞いたな」

キサラギでは、脳に改造手術を施し超《ちょう》能力じみた力を得る研究が進められてきたのだが、ベリアルの最大の武器は脳手術で得た発火能力だ。

リリスから、脳の容量を能力に割くほど力が得られると聞かされたベリアルは、迷うことなく力を求めた。

そしてリリスが、記憶《きおく》や人格、日常生活に支障が無いギリギリまで攻《せ》めた結果が……。

「リリス様が改造手術を行った際にやらかしたんだよ。研究員が調べた結果、発火能力に使う脳の容量設定が超《こ》えちゃいけないラインを超えてたらしい」

「あいつなんて事しやがるんだ」

あの時はリリスを処刑《しょけい》しようとするアスタロトを宥《なだ》めたり、リリスを処刑しようとする怪人《かいじん》達を宥めたり、リリスを処刑しようとする戦闘《せんとう》員達を宥めたりと本当に大変だった。

「リリス様は、自分はちゃんとギリギリを狙《ねら》った、誰かが設定を変えたんだって言い張ってたけどな。ちっとも反省が見られないその姿に、いよいよ皆《みんな》が切れそうになった時にベリアル様が言ったんだ。これで良い、いや、これが良いって」

「ベリアル様がそうやって甘やかすから、リリス様があぁなったんじゃねえのか？」

シャレにならない事故のはずだが、当の本人がこれで良かったと言っているので、今では手術を請《う》け負《お》ったリリス以外誰も気にしていないのだが……。

「さすがにリリス様も責任を感じたのか、今でもベリアル様の記憶を取《と》り戻《もど》そうと色々試してるけどな。長時間に亘《わた》って過去のプライベートビデオを見せ付けて嫌がられたり。頭に強い衝撃《しょうげき》を与《あた》えれば治るかもとか言い出して、逆に頭に強い衝撃を与えられたり」

「あいつ、もう治す気ねえだろ。しかし六号からすればとんだ災難だったな。当時の事は知らねえが、今じゃベリアル様といえば何をするか分からねえ鉄砲玉《てっぽうだま》みたいな人だ。写真を見る限りお前さんの好みっぽい清楚美人なのに、残念だったな」

アリスが写真を眺めながらからかうように言ってくる。

確かに気が弱いけど優しくて、エッチな事にちょっと興味があるクセに、それを隠して清楚なふりをするベリアルは大好きだが……。

——今の理不尽《りふじん》の塊《かたまり》みたいなベリアルも、俺は案外嫌《きら》いじゃないのだ。

一章　ヒイラギ襲来

1

秘密結社キサラギのパチもんこと、法制機関ヒイラギと表面的には和解が成立し、トリス王国はその名を改め、法制機関ヒイラギ・トリス領となった。

俺達にすれば突然《とつぜん》現れた連中にトリスを横取りされた形だが、連中に内緒《ないしょ》でトリス首都とアジトの地下をトンネルで繋《つな》げ、毎日大量の水精石を盗掘《とうくつ》中だ。

盗掘行為《こうい》がいつバレるかも分からないので、俺達は水精石が値下がりするのも気にせず、採掘《さいくつ》したそばから売りまくっている。

連中は水精石がダブついている事を疑問に思いながらも、値段が落ち着くまで採掘を見送っているようだ。

元々資金に困っていない富裕《ふゆう》国だ、労働者に休暇《きゅうか》を与《あた》え価格の推移を見守るのだろう。

だが俺達からすれば、その分発覚が遅《おく》れるので願ったり叶ったりだ。

つまりは今のところ大きな問題もなく、現地での侵略《しんりゃく》活動は順調であり……。

——窓から柔《やわ》らかな陽差しが射し込む室内に、バイパーが書類にペンを走らせる音と、その足下で丸くなって眠《ねむ》るロゼの寝息《ねいき》が微《かす》かに聞こえる。

そんな、すっかり俺達の溜《た》まり場《ば》と化し穏《おだ》やかな空気が流れるバイパーの執務《しつむ》室で、車椅子《くるまいす》で微睡《まどろ》んでいたグリムがぽつりと言った。

「平和ね……」

と、グリムの呟《つぶや》きにペンの音が一瞬《いっしゅん》止まると。

「はい、おかげで戦闘員の皆さんが危ない目に遭《あ》う事もないですし、平和なのは素晴らしいですね……！」

バイパーはそう言って、眠そうな目をしているグリムに笑い掛《か》けた。

「あらあら……。この娘《こ》ときたら、またそんな良い子ちゃん発言なんかしちゃったりして。悪の幹部の自覚とやらは一体どこへ置いてきたのかしら……？　戦闘員は戦う事がお仕事なのに平和を喜んでどうするの？」

「あっ！　そ、そうですね、私が平和を望んではいけませんよね。ええと……カチワリ族の皆さんが、森で初めて見るタイプの魔獣《まじゅう》に遭遇《そうぐう》したそうです。まずは私が森に出向いてその魔獣を調べてきます。なので場合によっては戦闘も……」

「違《ちが》うでしょう、幹部のあなたがわざわざ出向いてどうするのよ！　もっとこう、昔グレイス王国の参謀《さんぼう》がロゼや私にやったみたいに、激戦地に送り込むとか無茶な命令を出して部下を困らせたりとか、そういうのが仕事でしょう⁉」

すっとぼけた事を言うバイパーに珍《めずら》しくグリムが正論を述べている。

「部下に無茶な命令と言いますと……」

部下に無茶ぶりされたバイパーは、何かを思い付いたのか俺を見る。

「先ほどから暇そうにしている六号さん。書類整理を手伝っていただけませんか？」

「暇そうに見えるけど実は超忙《ちょういそが》しいんだ。それに、悪の女幹部を目指すのは好感が持てるけど、自分の仕事を人に押し付けちゃいけないよ」

「ご、ごめんなさい！　そうですね、その通りです！」

「そうじゃないでしょう、諦《あきら》めるのが早いわよ！　この男を見てご覧なさいな、どこをどう見ても暇でしょうに！　隊長はさっきから何やってるの⁉」

仕事に戻ろうとするバイパーにグリムがキーキーと喚《わめ》き立てる。

俺は手にしていた虫眼鏡を見せ付けながら、皿に載《の》せた青い鉱石を指差すと。

「水精石を熱するとなんかゆっくり溶《と》けてくんだよ。それが面白くて観察してる」

「やっぱり暇を持《も》て余《あま》してるじゃない！　そんな事してる暇があるのなら、とっととグルネイドに向かいなさいな！」

――グルネイドという国がある。

元魔族《まぞく》領の奥にはミドガルズという名の山脈が広がっているのだが、グルネイドはその山脈を聖地と崇《あが》める国らしい。

山脈の麓《ふもと》に作られたその国は古来ドラゴン信仰《しんこう》が盛んであり、住人達は今も古のドラゴンが自分達を守ってくれていると信じている。

そして……。

「……グルネイドって国では、謎《なぞ》の魔獣に魔導石が奪《うば》われて大変なんだろ？　そんなところにお邪魔《じゃま》するのもどうかと思うぞ」

国宝である魔導石が強奪《ごうだつ》され、大変な事になっていた。

「……ねえ隊長、もうそろそろ認めましょう？　石を強奪した犯人が誰か、本当はもう理解しているんでしょう？」

グリムが呆れたように言ってくるが、これを認めると外交問題になってしまう。

グルネイドとかいう国もいずれ侵略する予定だとはいえ、ウチの組織のパチもん集団と和解したばかりの現状で敵を増やすのは避《さ》けたいところだ。

なにせこの瞬間《しゅんかん》も連中の大事な資源を勝手に採掘しているのだ、いつか盗掘がバレるのは間違《まちが》いなく、その時は和解なんて出来ないだろう。

「まあ待てグリム。お前らはどうしてもトラ男さんを犯人にしたいみたいだが、まだ決まったわけじゃない」

「二足歩行でにゃーと鳴き、国宝を奪える程強い魔獣が他にいてたまるもんですか」

ぐうの音も出ないとはこの事だがここで諦めては試合終了《しゅうりょう》だ。

「国宝を奪えそうなネコ科の魔獣なら知ってるぞ。こないだ交戦したあの連中がデカいのを飼ってたじゃないか」

「二足歩行する魔獣って言ってるでしょう!?　耳を塞《ふさ》いでもダメよ！　こっちをお向き！」

肩《かた》を揺《ゆ》さぶってくるグリムに耳を塞いで抵抗《ていこう》してると、何かがモゾモゾと動き出した。

「んもう、グリムったら何騒《さわ》いでるの……？　お昼なんだから静かに寝《ね》ててよー……」

バイパーの足下で眠っていたロゼが、眠い目を擦《こす》りながら身を起こす。

「夜行性の私が頑張《がんば》って起きてるのに、どうしてあなたが寝てるのよ！　……というかロゼ、あなた最近どんどん犬みたいになってきてない？」

呆《あき》れたようなグリムの言葉に、ロゼがバッと跳《は》ね起《お》きると、

「いくらグリムでも犬呼ばわりは赦さないよ。っていうかそっちこそ、最近は日向《ひなた》ぼっこしながら昼寝するお婆《ばあ》ちゃんみたいになってるよ！」

「あらあらこの子ったら今とんでもない事言ってくれたわね。いいわ、トリスを国ごと呪《のろ》ったように、とびきりのヤツを掛けてあげるわ！」

「ど、どうか二人とも落ち着いて……」

あっという間に戦闘体勢に移行した二人に挟《はさ》まれ、バイパーが泣きそうな顔で俺を見る。

俺はそんな二人に視線を送る事もなく、虫眼鏡で石を照らして呟いた。

「平和だなあ……」

「ちっとも平和じゃないですよ、六号さんも止めてください！」

現在、秘密結社キサラギ現地支部は、つかの間の平和を享受《きようじゆ》していた——

2

バイパーの部屋が大変な事になったため、片付けが終わるまでアジト街で暇《ひま》を潰《つぶ》す事にした俺は、そこで驚《おどろ》きの光景に出くわした。

「スノウさん、ありがとうございました！　助かりました！」

「うむ、困ったらいつでも言ってこい。では、私はこれで失礼する」

工事現場用のヘルメット姿でショベルカーから降りてきたスノウが、なんか魔族に感謝されていた。

……コイツ、現地人のクセになんで重機を扱《あつか》えるんだ。

「おい、お前何やってんの？　重機の類いは勝手に触《さわ》っちゃ危ないぞ」

「貴様は何を言っている。私はちゃんとコレの免許《めんきよ》を持っているぞ」

そう言って免許証を突《つ》き出《だ》してきたスノウの言葉に、

「なんで現地人のお前が免許なんか持ってんだよ！」

「アリスが発行してくれたのだ。アイツの講習を受けた上で、実技試験を行い認められれば即日《そくじつ》発行してもらえるぞ？　ちなみに免許だけでなく様々な資格も取ったのだ。なにせ免許や資格を多く取れば給料が上がるからな！」

信じられねえ、コイツが見せてくる免許証の有資格、俺より多いじゃん。

……そうだった、スラム生まれのこの女は努力家で、実力だけで騎士《きし》隊長の座に這《は》い上がったのだ。

「……お前、騎士に返《かえ》り咲《ざ》いたって喜んでたクセに何でここで働いてんの？」

そう、スノウはこの間の作戦行動が認められ、元の地位に戻《もど》ったはずだが……。

「ティリス様から、私がキサラギでバイトすれば友好関係が深まる上に、キサラギの高度な技術も学べるので、これまでと同じように協力してこいと言われたのだ。おかげで、国からもキサラギからも給料が貰《もら》えるという素晴らしい労働環境《かんきょう》になったぞ」

「おいズルいぞ、何だそれ！　一人だけ給料の二重取りかよ！」

キサラギの技術を学べるだとか、それってスパイ活動と変わらないじゃないか。

コイツ、スパイ活動しながら給料まで二重で貰えるとか……！

「うむ、キサラギのスパイでありながら我が国で雇《やと》われ騎士をやっていた、ちょっと前までの貴様みたいな状況《じょうきょう》だ」

「そういやアリスはどこ行った？　トラ男さんの事で相談があるんだった」

「おい、露骨《ろこつ》に話を逸《そ》らそうとするな」

スノウはそう言いながらも、ふむと小さく頷《うなず》くと。

「アリスならあそこで元魔王《まおう》軍幹部達を教育しているのだが……。説明するよりも直接見た方が早いな。普段《ふだん》は冷静で知能の高いアリスが今日に限っておかしいのだ。お前からも言ってやれ」

スノウは説明を濁《にご》しながら、とある建物を指差した。

──そこは魔族の子供達のために建てられた学校施設《しせつ》。

通常の学校教育と併《あわ》せ、キサラギという組織がいかに素晴らしい団体かを刷り込み、ゆくゆくは従順な労働者に育てるための洗脳……いや、教育機関だ。

ここでは地球では当たり前の文字の読み書きや計算の他、秘密結社キサラギが設立された経緯《いきさつ》や輝《かがや》かしい戦歴、そして危険な魔獣の種類や対処法、採取すれば高値で買い取ってくれる資源や植物を教え込むといった、この世界独自の教育が行われている。

今日は学校は休みなのか建物の中に子供達の姿は見当たらず、代わりに聞き覚えのある声が響《ひび》いてきた。

「だからなんでそうなるんだ！　途中《とちゅう》までは理解していただろうが！」

「そ、そんな事言われても知らないよ！　アリスが急におかしな事を言うもんだから！」

「ハイネの言う通りだよ！　ボクも途中までは分かるのに急に付いていけなくなる！」

声が聞こえてくる教室を覗《のぞ》いてみると、そこでは教壇《きょうだん》に立ったアリスがハイネとラッセルを相手に口論している。

窓から覗く俺に気付いたアリスが、こいこいと手招きしてきた。

「良いところに来たな六号。ベテラン戦闘員《せんとう》であるお前さんに質問だ。五十人の戦闘員を率いて敵の拠点《きょてん》を落としてこいという命令を下されたとしよう。拠点を陥落《かんらく》させるのにかかる期間は二週間だ。さて、お前ならどれだけの物資を用意する？」

……算数の問題か？

俺なら三日で落としてみせるという屁理屈《へりくつ》は無しだろう。

「悪天候で行軍が遅《おく》れる可能性と、予想外に敵の抵抗が激しい場合も想定して、五十人分の食糧《しょくりょう》と弾薬《だんやく》を三週間分かな。……おい何だよ、なんで頭を撫《な》でるんだよ」

「普段は脳みそ使ってなくても、戦いに関してはちゃんと頭が使えるんだなと思ってな」

これは貶《けな》されているとみていいんだろうか。

よしよしと頭を撫でてくるアリスは、続いてハイネに問い掛《か》ける。

「ハイネに五十匹《びき》のオーク兵が与《あた》えられたとしよう。コイツらを率いてヒイラギの拠点を落としてこいという命令が下されました。陥落させるのにかかる期間は一週間とします。……さて、お前さんならどれだけの物資を用意する？」

と、俺に出したのと似たようなアリスの質問に。

「陥落させた後のオーク兵へのご褒美《ほうび》として、どんぐりを五十個用意する」

「よし、今日からお前は六号以下のバカに認定してやる」

「なんでだよ！　アタシ、何かおかしな事言った⁉」

俺をバカの基準にするなとアリスにツッコむべきか、それともハイネにツッコむべきか。

と、慌《あわ》てるハイネにラッセルが自信有り気に言ってくる。

「ハイネ、つまりはこういう事だよ。ご褒美のどんぐりはその場で与えなくても帰ってから渡《わた》せばいい。そうすれば手ぶらで行軍出来るんだ」

「よし、今日からお前もバカ枠《わく》だ。ロゼと一緒《いっしょ》に算数ドリルを解いてこい」

「待って！　ボクは同族と違《ちが》って計算出来るよ、これでも幹部だったんだから！」

同じく慌てるラッセルにアリスが呆れた表情を浮《う》かべ。

「お前らが魔王軍幹部だったからこそ、こうして教育してるんだぞ。キサラギの戦闘員は自己中ばかりで部隊を率いれるヤツが少ないんだよ。お前さん達が隊を率いる事が出来たなら、発電所での仕事を減らしてやるから真面目《まじめ》にやれ」

「あ、アタシ達は真面目にやってるよ！」

「そうだよ、さっきからアリスはおかしいよ！　どこが悪いのかちゃんと言ってよ！」

この二人はキサラギにおいて、一応まともな方だと思ってたんだが。

「……それじゃあ悪いところを一つずつ上げてくが、まず人数と作戦日程に合わせてちゃんと食糧を計算しろ。あと、どんぐりの事はもう忘れろ」

アリスの言葉にハイネは悩《なや》ましい表情を浮かべ、

「オーク兵五十四分の食糧ってどれだけだ？　アイツら、あればあるだけ食っちまうだろ」

「オークは食い溜《だ》めが出来るのに、どうしてわざわざ荷物になる食糧を持って行くの？　それだと行軍の邪魔《じゃま》にならない？」

ハイネと相談を始めたラッセルの言葉に、アリスがピタリと動きを止めた。

「待て、今聞き捨てならない事言ったな。アイツらはたらふく食えば、無補給で一月《ひとつき》分の活動が可能なのか？」

「その代わり食い溜めすると動きが鈍《にぶ》くなるけどね。野生のオークは秋の間に食い溜めて、食糧が不足する冬は巣穴に引き籠《こ》もるのさ。まあそれでも、冬は魔獣《まじゅう》達も餓《う》えてるから少なくない数のオークが巣穴を掘《ほ》り起こされて食われちまうんだけどね」

さすが魔獣はびこる過酷《かこく》な世界だ、そりゃあオークも人類の農場で働こうってもんだ。

なるほど、コイツらがアリスと話が嚙《か》み合わなかった原因にようやく納得がいった。

ハイネとラッセルの表情を見るに、同じくアリスの誤解に気付いたらしい。

「魔王軍は砂漠《さばく》以外の土地が少なくて食糧不足に喘《あえ》いでいたから、侵攻《しんこう》時の食糧は現地調達が基本だったんだよ。……うん、やっぱりご褒美のどんぐりだけでいいじゃないか」

「お前らの食糧事情や生態なんざ知るか、どんぐりぶつけるぞこの野郎《やろう》」

ラッセルがアリスに脅《おど》され怯《ひる》む中、俺はある事を思い出す。

「でもお前ら、魔王軍時代はちゃんと補給部隊を率いていなかったか？　特にハイネと最初に出会ったのって、俺達が補給部隊を襲《おそ》ったのが切《き》っ掛けだったろ」

そう、あの時は俺達が補給部隊を襲撃《しゅうげき》した事で、ハイネが強襲してきたのだが……。

「アレはゴブリン兵の食糧さ。食い溜め出来るオークや、自分で倒《たお》した敵しか食わないオーガと違ってゴブリンは何でも食うからね。アイツらは腹が減ると共食いするから……」

「それ以上は聞きたくない！　アジト街にいるゴブリンをまともな目で見れなくなる！」

オーク農場に続きまた一つ、聞きたくもない魔族《まぞく》事情を聞いてしまった。

「ねえアリス、講習はもういいだろ？　ボクだって魔王軍幹部として何度も兵を率いたんだから問題ないよ。……だからさ、そろそろアイツを迎《むか》えに行かない？」

一見何でもなさそうに装いながら、ラッセルが明後日《あさって》の方を向いてそんな事を……。

「アイツってのは誰《だれ》の事だ。アジト街は今、開拓《かいたく》ラッシュで絶好調だ。全く人手が足りてねえのに余計な事してる暇はないぞ」

「誰って、アイツはアイツだよ！　にゃんにゃんうるさいしキモいけど、アイツがいないとマズいんじゃないの？　だって、ここで一番強いのはアイツだろ？」

アイツとはもちろんトラ男の事を言っているんだろうが、女装させられた上でスカートの中を覗かれたり、抱《だ》き枕《まくら》にされたりこき使われたりと、散々な目に遭《あ》わされているからか名前を呼ぶ気はないようだ。

「お前までグルネイドの国宝強奪《ごうだつ》犯をトラ男さんだと決め付けるのかよ？　証拠《しょうこ》も無いのに断定するのは良くないぞ」

「アイツ以外にこんな事するヤツがいるわけないだろ！」

なぜか興奮気味に食い下がるラッセルの頭に、アリスが落ち着けとばかりに手を乗せる。

「なあラッセル。現時点で分かっているのは、グルネイドという国の魔導石が猫《ねこ》型魔獣に強奪され、混乱が起こっているという事だけだ。……そして話は変わるが、つい最近まで戦っていたどこかの機関が、巨大《きょだい》猫型魔獣を飼っていたな」

アリスが何を言いたいのか察したラッセルが、信じられない者を見る目を向ける。

「……ま、まさか、ヒイラギって連中に罪を擦《なす》り付《つ》けるつもりなの？」

「人聞きが悪い事を言うんじゃねえ。現在のところ猫型魔獣を飼っているのはウチとヒイラギだけだ。そして、まだトラ男が犯人だと決まったわけじゃない。なら自分は、仲間であるトラ男を信じるってだけの話だ。そうだろ、六号？」

「ああ、俺もトラ男さんを信じるよ。キサラギは何より仲間を大事にするんだ。なあラッセル、お前はいつから人を信じられなくなったんだ？」

俺とアリスの言葉を受けて、ラッセルが愕然《がくぜん》とした顔になる。

「ちょ、ちょっと待って⁉ どうしてボクが悪者みたいに言われるのさ⁉ いや、ボクだって仲間は大事にするよ⁉ でも、動機や状況的にどう考えても……」

アリスがラッセルの頭を撫でながら、

「悪事ってのはな、決定的な証拠を出されてからが勝負なんだよ。今はまだ慌てるような段階じゃねえ。そうだろ、六号？」

「ああ、こういった時は証拠の粗《あら》を突《つ》いてごねまくり、むしろこっちが被害者《ひがいしゃ》みたいに逆ギレするんだ。相手が怯んだところを見計らい、不幸な事故って事で収めるのさ」

「こ、これだから人間は……！」

頭に置かれたアリスの手を払《はら》うラッセルに、ハイネが困惑《こんわく》の表情を浮かべて言った。

「……な、なあラッセル。あんた、あの獣人《じゅうじん》の事を嫌《きら》ってたんじゃなかったのかい？

その、いつもアイツの愚痴《ぐち》ばっか言ってるから、アイツが留守で喜んでるもんだと……」

ラッセルは当然だといわんばかりの呆《あき》れた顔で、ハイネに冷たい視線を送る。

「……もちろん大《だい》っ嫌いだし留守で喜んでるけど？ ただ、アイツの強さだけは認めてるからね。キメラは本能的に強い者に従うのさ」

同僚《どうりょう》からそんな目を向けられたのは初めてだったのか、ハイネは挙動不審《ふしん》になりながら、

「そ、そうか、うん、そうだよな、安心したよ！ あんた、こないだ六号にスカートを捲《めく》

られた時、一瞬《いっしゅん》女の子みたいな反応したから心配してたんだ！」

「…………ぼ、ボク、女の子みたいな反応してた？」

愕然とした表情を浮かべるラッセルからハイネが無言で目を逸《そ》らす。

そんな二人にアリスが言った。

「魔王《まおう》軍の領土を吸収した事で、グレイス王国とグルネイドは隣国《りんごく》になったからな。ティリス姫《ひめ》が先手を打って『これからはお隣《となり》同士、仲良くしましょう。ところで最近我が国は、法制機関ヒイラギが飼っている猫型魔獣に酷《ひど》い目に遭わされました。そちらの国は大丈《だいじょう》夫《ぶ》ですか？』って内容の手紙を送ったから、安心しろ」

「相手が敵でもやっていい事と悪い事があるんだぞ。お前らアタシ達魔族より邪悪《じゃあく》だろ」

「やっぱキミ達人類は滅《ほろ》ぶべき存在だと思う」

俺達にとっては褒《ほ》め言葉《ことば》です。

3

ティリスが友好の使者と共に手紙を送り、向こうからの返信を待ちながら平和な毎日を過ごす間も、アジト街の開発は進む。

森の魔獣や未知の資源を地球に送り、その対価として様々な物資が送られてくる。

それらを惜《お》しげも無く放出した結果、食糧や仕事を求めアジト街の人口が更《さら》に増えるという好循環《じゅんかん》が起こっていた。

後は、うまく森を切り拓《ひら》く事さえ出来れば農業区や工業区の開発にも着手出来る。

現在は、森の番人たるアルラウネ型敵性生物を筆頭に、手強い魔獣への対処方法をアリスが模索《もさく》しているが、それも時間の問題だろう。

……と、そんな事を考えながら、見張り台でサボりという名の監視《かんし》任務に就いていた俺は、街に近付いてくる珍客《ちんきやく》に気が付いた。

なぜかロゼに一方的にライバル視されている、腰《こし》に手斧《ておの》をぶら下げた小柄《こがら》な仮面少女、カチワリちゃんだ。

「…………！　…………ッ！」

カチワリちゃんは見張り台の俺を見付けると、ブンブンと手を振《ふ》り駆《か》け寄《よ》って来る。

俺が地球産の斧をあげて以来たまに遊びに来るようになったこの子だが、蛮族《ばんぞく》みたいな見た目に反して根が理性的で真面目なためか、今のところアジト街の人々に好意的に受け入れられていた。

「業火の海に沈《しず》むがいい……。永遠に眠《ねむ》れ！　クリムゾンブレスーッ！」

そんな好意的に受け入れられている少女に向けて、突如炎《とつじょほのお》が吐《は》きかけられる。

咄嗟《とっさ》に飛び退き直撃《ちょくげき》だけは躱《かわ》したものの、蛮族装束に炎が移り地面を転がるカチワリちゃん。

「――⁉」

「――ッ！　――ッッ！」

「あたしの縄張《なわば》りに入ってきておいて、ただで済むとは思わないでくださいね！　さあ、今こそ雌雄《しゆう》を決する時……痛い！」

見張り台から降りた俺はロゼの頭を引っ叩《ぱた》いた。

「何するんですか隊長、この子はキサラギの敵ですよ！」

「この子を敵視してるのはお前だけだぞ。ていうか、カチワリちゃんが遊びに来る度に襲撃するのは止めてやれ。カチワリ族とは友好な関係を築きたいんだよ」

蛮族みたいな見た目のクセに意外と紳士《しんし》なカチワリ族だが、森においては無類の強さを発揮する。

森林戦のエキスパートであるトラ男がいない今、むやみに敵対する理由もない。

……と、蛮族衣装の消火を終えたカチワリちゃんが、手斧を片手に立ち上がった。

「ラアアアア――ッ！」

「何ですか、やるんですか⁉　いいですよ、今こそ決着を付けましょう！」

「コラッ、お前ら喧嘩《けんか》すんな！　似たような年なんだから仲良くしろよ！」

今にもロゼに襲い掛《か》かりそうだったカチワリちゃんは動きを止めると、どこか思《おも》い詰《つ》めた様子でこちらを見上げ、俺に手紙を渡《わた》してきた。

現地語を読めない俺は流れるようにロゼへと渡す。

「ええと……『拝啓《はいけい》、デッドプランターの甘い香《かお》りが漂《ただよ》うこの頃《ごろ》、キサラギの皆様《みなさま》におかれては、ご健勝にお過ごしの事と存じます。戦いを生業《なりわい》とする貴社の輝《かがや》かしい戦歴及《およ》び、戦争相手であったはずの魔族の難民を受け入れるという寛大《かんだい》な処置に、武を貴ぶカチワリ族一同、より敬服の念を抱いております』」

蛮族から送られてきた丁寧《ていねい》な文面に俺は思わず待ったをかけた。

「……なあ、その手紙に本当にそんな事書いてあるのか？」

「難しい言葉遣《ことばづか》いなのであんまり意味は分かりませんが、確かにそう書かれてますよ？」

不思議そうに俺を見上げたロゼが再び手紙を読み上げる。

「『そんなキサラギの皆様に、はなはだ不躾《ぶしつけ》なお願いで申し訳ございませんが、子供達の受け入れをご相談させて頂ければと思います。わたくしごととなりますが、我々は永きに亘《わた》りヒイラギ族と戦い続けて参りました。ですがこの度、彼らが怪《あや》しげな道具を使い、竜《りゅう》種《しゅ》を含《ふく》む大型魔獣《まじゅう》を使役した事で劣勢《れっせい》に立たされております。子供とはいえ、カチワリ族は森においてきっと役立つと自負しております。ご多用のところ恐縮《きょうしゅく》ですが、お力添《ちからぞ》えいただけますと幸甚《こうじん》でございます。ご検討のほど、よろしくお願い申し上げます。敬具』」

蛮族のくせに俺にも書けない手紙を書きやがって……いや、そうじゃない！

カチワリちゃんをよく見るとあちこちに小さな傷を負っていた。

ロゼとのじゃれ合いで付いたのかと思うも、魔獣か何かの引《ひ》っ掻《か》き傷のようだ。

俺は見張り台に駆け上がると、拡声器に向けて呼《よ》び掛けた。

《招集——！》

——突然《とつぜん》の招集に、会議室に集まった戦闘員《せんとういん》が不機嫌《ふきげん》そうに口を開いた。

「おい六号、この忙《いそが》しいのに何なんだよ。居住区のアパートが今日中に完成しそうなんだ、早く仕事に戻《もど》らせろよ」

「お前みたいに暇《ひま》じゃねえんだ、せめて人の邪魔《じゃま》はすんなよな。冬が来る前にアジト街の住人に住むとこだけでも与《あた》えねえと……」

「この星は雨が少ないから雪は降らないだろうが、急がないとな」

どうやら俺の同僚は、ここ最近の建設作業で自分達が何者なのかを忘れたらしい。

「カーッ、悪の組織の人間のくせに何で働く喜びに目覚めてるんだ！　すっかり平和ボケしやがって、お前らの本来の仕事を言ってみろ！」

「べ、別に本業を忘れたわけじゃねーよ！　魔族《まぞく》連中に凄《すご》い凄いってチヤホヤされてちょっと楽しかったのは認めるが、平和なんだから仕方ねえだろ！」

「今までが人に嫌《いや》がられる任務ばかりだったせいで、住人に感謝される仕事が新鮮《しんせん》なんだよ！　そこまで言うなら戦闘任務を持ってこいや！」

文句を垂れる同僚にアリスが言った。

「そんなお前らに朗報だ。きな臭《くさ》い話が舞《ま》い込《こ》んできたぞ」

すっかり牙《きば》を抜《ぬ》かれた同僚達が予想外の言葉に動きを止める。

「おっ、なんだよ、やっと戦闘任務かよ！」

「そういう事は早く言え、建設なんてやってられるか！」

「俺達が平和ボケしてないところを見せてやるよ！」

戦闘員としての本能を思い出したのか、鬱陶《うっとう》しくもイキり始めた同僚達は。

「あの戦闘集団カチワリ族が抗争《こうそう》相手に負けそうだってんで、子供だけでも保護してくれと言ってきた」

そんなアリスの説明に、表情を引き締《し》め真顔になった。

「カチワリ族はああ見えて紳士的な隣人《りんじん》だ。子供を受け入れる事自体に文句はねえが……。ウチの本来の仕事は戦闘員の派遣《はけん》業だ！　お前ら、やる事は分かってるな！」

「「「おう！」」」

戦闘員魂《だましい》に火が付いたのか、同僚達が声を上げる。

それを聞いたアリスは満足そうに頷《うなず》くと。

「良い返事をするじゃねえか！　ヒイラギ族は怪しげな道具を使って、竜《りゅう》や大型魔獣を操るそうだが……。キサラギは最強なんだ！　今こそお前らの力を見せ付けてやれ！」

「「「……おう」」」

急に大人しくなった同僚達は掠《かす》れた声で呟《つぶや》いた。

4

「隊長、あそこにスポポッチが落ちてますよ！　どうやらカチワリ族の縄張りに入ったみたいですね！　せっかくなのでアレはお土産《みやげ》に持ち帰りましょう！」

「アレは落ちてるんじゃなくて、カチワリ族が木の枝に刺《さ》して干してるんだぞ」

深く険しい森の中を上機嫌《じょうきげん》の大食いキメラが先行する。

いや、機嫌が良いのはロゼだけではない。

「やっとアタシ達の出番が来たね！　魔族の存在意義は戦う事だ、元魔王軍幹部の力を見せてやるよ！」

「ボクもこんな格好で家事ばかりさせられていたせいで、ここ最近人生を見失いかけてたからね。戦闘キメラの存在意義だって戦う事さ。ハイネには負けないからね」

普段《ふだん》からエコな発電所としてこき使われている奴隷《どれい》組も、日頃《ひごろ》の鬱憤《うつぷん》を晴らしたいのかいつになくやる気のようだ。

そして……。

「俺達だって戦う事こそが存在意義だ！　なんせ職業戦闘員だぞ！」

「おっぱい奴隷とラッセルきゅんは後ろで見ときな、俺達の仕事を取るんじゃねえよ」

「竜が出るとか聞いたけど要はでっけえトカゲだろ？　確かに最初はビビったけど、ヒーローが操る巨大《きよだい》ロボに比べれば楽勝だって気付いたからな」

現地人と張り合うように、開き直った同僚《どうりよう》達がイキり立つ。

「おい、おっぱい奴隷ってアタシの事か」

「ラッセルきゅんはやめてくれないかなぁ……」

久しぶりの戦闘という事で、今日は血の気の多い参加希望者がたくさん集まった。

リーダーの俺を始め、戦闘キメラ二匹《ひき》におっぱい奴隷、そしてモブ戦闘員が三人だ。

「おい六号、俺達に危険な任務を押し付けといてアリスは一体どこ行ったんだよ」

「おう、あれでアイツは頭だけは良いからな。現場指揮官がお前じゃ不安がある」

「このパーティー構成を見てみろよ、男女比率が女三人に男が四人だ。アンドロイドでも、アリスがいれば一応バランス取れるだろ。なんで連れて来なかったんだよ」

アリスの不在にモブ戦闘員達が文句を垂れる。

「今回は大型魔獣やヒイラギ族への威力偵察《いりょくていさつ》だからな。アリスを連れてくるまでもねえ。アイツはアジト街の開発で忙しいんだ、荒事《あらごと》は俺に任せろ」

「ねえ、ボクが当たり前のように女枠《わく》に入れられてない？」

女装キメラが困惑顔《こんわく》で訴《うった》えるも誰《だれ》も何もツッコまない。

──と、その時だった。

「隊長、何かいい匂《にお》いがしてきません？　美味《おい》しそうなお肉の匂いが……」

先行するロゼがそんな事を言ってスンスンと鼻を鳴らす。

戦闘キメラは鼻が良いのか、同じくラッセルも鼻をスンスンさせて……。

「何かが焼ける匂いがするね。香《こう》ばしいっていうか……いや、この匂いは！」

慌《あわ》てた様子のラッセルがなぜか突然《とつぜん》駆《か》け出《だ》した。

「ラッセル、急にどうしたんだい⁉　一人で行くのは危ないよ！」

「独《ひと》り占《じ》めはズルいですよ！　野生のお肉が落ちてたら山分けですよ！」

「拾い食いなんてするわけないだろ、野生のお肉って何なんだ！　ハイネ、この匂いはアイザックだ！　この先でアイザックが火傷《やけど》を負ってる――！」


――ラッセルの後を追うと、森が開けた空き地の中央に、あちこちを煤《すす》だらけにしたグリフォンが蹲《うずくま》っていた。

「アイザックー！」

半泣きのハイネが名前を叫《さけ》び、グリフォンの下へと駆《か》け寄《よ》っていく。

「ハイネさん、ここぞとばかりに名前付けて所有権を主張するのはズルいですよ！　あたしはモモ肉が欲しいです！」

「バカッ！　アイザックはアタシが飼ってるグリフォンだよ、食おうとすんな！」

グリフォンに縋《すが》り付いたハイネがロゼから守るように背中に庇《かば》う。

「そういえばお前、昔グリフォンに乗ってたな。姿が見えないと思ったら、こんな所に放し飼いにしてたのか？」

「アタシが奴隷としてこき使われるのは仕方がないけど、この子まで巻き込むのはどうかと思って解放したのさ。グリフォンは強いから、森でも十分やっていけるだろうってね。

ああ……それが……」

涙《なみだ》ぐむハイネをよそに、ロゼが獲物《えもの》を見るような目をアイザックに向けて呟いた。

「あたし思ったんですけど、アイザックさんは森に解放されたのなら、もう誰の物でもありませんよね？」

「……ど、同族、一応言っとくけどグリフォンは美味しくないからね？　この状況《じょうきょう》でアイザックを食べたりしたら、さすがに同族とは呼べなくなるよ？」

口元を引き攣らせたラッセルが、アイザックに両手を当てて何かを唱える。

「昔、ハイネさんと戦った際にアイザックさんを囓った事があるんですが、アレって味付けしなかったから不味《まず》かったんだと思うんです。今はいい匂いがしますし、いける気がするんですよね」

「やめろ、アイザックにそれ以上近付くな！　ラッセル、早く傷を治してやってくれ！」

ハイネが必死にアイザックを庇う中、ラッセルの両手が淡《あわ》く光った。

「ラッセルきゅんが魔法《まほう》使った！　アレって回復魔法だよな!?」

「水属性使いが回復魔法を使えるのはファンタジーあるあるだ。ラッセルくん、チャックに皮を挟《はさ》んで怪我《けが》したんだけど俺も治してもらっていい？」

「ラッセルくんは外見も乙女《おとめ》で魔法まで使えるってのに、もう片方のキメラときたら……」

「もう片方のキメラときたら何ですか？　返答によっては齧りますよ？」

「キミ達ちょっとうるさいよ、集中してるんだから黙《だま》ってて！」

コイツらグリフォンの前で騒《さわ》いでるが、今の状況を理解してるんだろうか。

グリフォンが火傷を負って倒《たお》れてるという事は、傷を負わせた相手がいるわけで……。

「……？　なんか、急に暗くなっ……」

空を見上げたハイネが何かを言い掛《か》け、目を見開いて動きを止めた。

その反応を見たモブ戦闘員達が、空を確認する前に頭上へ向けて武器を構える。

太陽が巨大な何かに遮《さえぎ》られ辺りが薄闇《うすやみ》に包まれる中、俺がスタングレネードを投げ上げると——！

「うおおおおお、これでも食らええぇ！」

この星最強の生命体と言われているドラゴンが俺達目掛けて突《つ》っ込んで来るが、スタングレネードが轟音《ごうおん》と共に閃光《せんこう》を放つと同時、目を灼《や》かれて墜落《ついらく》した。

「ややややるじゃん六号、無駄《むだ》に最古参兵やってねえな！」

「く、空中にいるドラゴンはスタングレネードで落とすってのは、モンパンやってりゃ常識だからな！　へっ、しょせんはデケえトカゲだ、ざまぁねえぜ！」

「ヒャッハー！　近代兵器を舐《な》めんじゃねえぞ！　今の内だ、やっちまえ！」

モブ戦闘員達が人の手柄《てがら》でイキり立つがチヤホヤされるのは嫌《きら》いじゃない。

「やれやれ、俺はグレネードを投げただけなんだがなあ……。おいロゼ、隊長のカッコイイところをちゃんと見……」

「「「あああああああ！」」」

空を見上げていた現地人達は、三人とも目を灼かれて悶《もだ》えていた。

「キュオオオオオオオオオ！」

加えて地に落ちたドラゴンが、目が見えない事でメチャクチャに暴れ回り、辺りの木々が引き千切られる。

「ちょっ、おい六号、何とかしろよ！　手が付けられなくなってんぞ！」

「撃《う》て撃て、距離《きょり》を取って銃《じゅう》で撃て！　巻き込まれたらペシャンコだ！」

「六号のバカッ！　余計な事しやがって、味方三人が役立たずになったじゃねえか！」

小さな屋敷《やしき》ぐらいなら簡単に押《お》し潰《つぶ》せそうなドラゴンが暴れる姿に、その場の皆《みんな》が逃《に》げ腰《ごし》になる。

「仕方ねーだろ、ゲームのドラゴンはここまで暴れたりしなかったんだよ！」

俺はモブ達に言い返しながらアサルトライフルを連射するが……、

「何だこりゃ、ちっとも攻撃《こうげき》が効いてねえ！　誰かもっと強力な火器を呼び寄せてくれ、俺のポイントだと呼ぶのに足りねえ！」

ここ最近健全な生活を送っていたせいで悪行ポイントがガス欠だ。

俺とは違《ちが》って性根が腐《くさ》ったコイツらなら、きっと大量の悪行ポイントを……。

「「…………」」

「おい」

思わずモブにツッコむと慌てた様子で言《い》い募《つの》る。

「仕方ねえだろ、この星には娯楽《ごらく》がねえんだ！　夜になったら色々あるだろ！」

「ポイント使ってでも、そりゃあ日本から呼ぶしかねえよな」

「女の部下に囲まれてるお前には分からねえだろうけどなあ！」

コイツら悪行ポイントでまさかエログッズを呼び出したのか。

思い切り罵《ののし》ってやりたいとこだがなぜか強く出られない。

何だか俺も昔似たような事をやらかしたような……。

「うう……よ、ようやく目が見えてきました……」

記憶《きおく》の底に封《ふう》じた過去を思い出そうとしているとロゼの言葉で正気に返る。

「よし、俺達の武器だと効果が薄《うす》い。お前らの魔法的な何かでやっつけてくれ！」

「あの暴れ回ってるヤツはあたしには無理ですよ、近くに寄ったら潰されちゃいます！　隊長の何とかばっそーがあるじゃないですか！」

俺の何とかバッソーも接近戦用の武器なんだよ。

「くっ、やってくれたねえ……！　まさか仲間だと思っていたヤツに目潰《めつぶ》し食らうとは思わなかったよ！」

「ハイネ、ドラゴンよりコイツを先にやっちゃおう。どうせここは森の中だ、ドラゴンに食われたって言っとけば大丈夫《だいじょうぶ》さ」

ロゼの視力が回復したのに合わせ、ハイネとラッセルがイキり立つ。

「おっ？　一度も俺に勝った事のない負け犬共が、やるってんならやってやるぞ？」

俺がコイコイと煽《あお》ってやると二人はみるみるうちに顔色を……。

と、赤くさせていた顔色を、突然《とつぜん》スッと青ざめさせた。

「た、隊長……後ろ……」

気付けばドラゴンが暴れていた破壊《はかい》音がいつの間にか止んでいる。

コイツらの視力が回復したという事は、当たり前だがドラゴンも……。

「撤退《てったい》！」

「「「あああああああ！」」」

後ろを確認もせず駆け出すと、背後からドラゴンが地を踏《ふ》み締《し》める音が響《ひび》いてきた。

前に向かって駆け出しながら、ピンを抜《ぬ》いた二本目のスタングレネードを肩越《かたご》しに後ろへ落とす。

轟音と共に閃光が辺りを照らすが、先程のグレネードで学習したのか、ドラゴンからは目を灼かれた時の悲鳴が聞こえない。

ダメだ、グレネードでは僅《わず》かな足止めにしかならないようだ。

仕方ない、ここは頼《たよ》れる同僚《どうりよう》に囮《おとり》になってもらうしか……！

「……おい、アイツらどこ行った！　俺達を囮にしやがったな！」

光学迷彩《めいさい》を使っているのかもしくは逃げたか、同僚三人の姿は既《すで》になかった。

大切な仲間を囮にするとか、やはり悪の組織の戦闘員《せんとう》は信用出来ない！

……と、ラッセルに回復してもらったおかげで身を起こせるようになったグリフォンが、元主人であるハイネをジッと見詰《みつ》めている。

「アイザック、動けるようになったんだね！　いい子だ、アタシ達を乗せてくれ！」

「……」

ハイネに駆け寄られたグリフォンは、ドラゴンに視線を向けるとそっぽを向いた。

「アイザック？　何だよ、どうしたんだよ、アタシだよ！　まさかご主人様の顔を忘れたわけじゃないだろうな!?」

ハイネがグリフォンをユサユサと揺《ゆ》さぶるも、どこか拗《す》ねたようにクエエと鳴くだけだ。

「ハイネさん、アイザックさんは森に捨てられたんだと思って拗ねてるんですよ！」

「ハイネ、謝って！　アイザックに謝るんだ！」

「あ、アタシはアンタの事を思って森に解放したんだよ！　そりゃあ別れるのは辛《つら》かったさ。でも仕方ないだろ、アタシが奴隷《どれい》にされた以上、あのままじゃあきっとアンタもこき使われて……！」

ハイネとグリフォンが妙《みよう》なドラマを始める中、俺は地球から取り寄せた制圧装備、強化催涙弾《さいるいだん》をドラゴン目掛けて投げ付けた。

「ピギャアアアアアアアアアア！」

催涙弾はドラゴンにも効果がある、これはアリスに要報告だ！

ドラゴンが苦しんでいる間に逃げようと、先行しているはずの皆を振《ふ》り返《かえ》ると――

「なあ、聞いてくれよアイザック。アンタとは子供の頃《ころ》からの付き合いだ。アンタの事は、大事な弟みたいに思ってたんだ……。痛いっ！　何で突っつくんだよアイザック！」

「ハイネさん、アイザックさんは女の子ですよ」

「妙な名前付けるなと思っていたら、性別を間違《まちが》えてたんだね……」

「お前ら何でもいいから早くしろよおおお！」

まだモタモタしていた三人は我に返って慌《あわ》て出す。

「ごめんよ、アタシが悪かったよ！　アジト街に帰ったら、アリスから貰《もら》った小遣《こづか》いでとびきりの肉を食わせてやる！　それに、これからはもうアイザックを離《はな》さない！」

ハイネの必死の説得に、グリフォンが乗れとばかりに翼《つばさ》を広げて地面に伏《ふ》せた。

全員でグリフォンに飛び乗ると、四人は重量オーバーだったのかジタバタと暴れ出す。

「おい、アイザックはオーク兵五匹だって乗せられるのに、どういう事だよ！　誰《だれ》か重いヤツが乗ってるだろ！」

「重いのは隊長です！　正確には隊長の鎧《よろい》が重いんです！」

「同族、コイツを一緒《いっしょ》に蹴落《けお》とそう！　……あっ！　何するんだ、足を放せ！」

舐めた事を言い出したラッセルを道連れにしようと足を掴《つか》むも、このまま森の中を逃走《とうそう》すれば、ゲリラ戦に慣れた俺はともかく三人は食われるだろう。

「お前らアジトに帰ったら覚えとけ、これはデッカい貸しだからな！」

グリフォンから飛び降りた俺は、Ｒバッソーを起動させ警戒《けいかい》するドラゴンと対峙《たいじ》した。

「弱っちいお前らが逃げられるよう、俺が少しだけ足止めしてやる！　その後でドラゴンがお前らを追ってきても、アジト街の防衛兵器ならどうにかなるだろ！」

俺が飛び降りた事でグリフォンが翼を広げて空を見上げた。

「隊長ー！　無事に帰って来れたなら、あたしの晩ご飯を分けてあげます！」

食い意地の張ったコイツにしては大盤振《おおばんぶ》る舞《ま》いのつもりなのだろう。

「今まで散々触《さわ》られた分、むしろ貸しはアタシの方が多いはずだ！」

「ボクも今までスカートをめくられた分、貸しはこっちが多いはずだよ！」

あの二人に関しては、アジトに帰ったら体で払《はら》わせてやるとしよう。

やがて背後で聞こえてくるのは、グリフォンが地を蹴り飛び立つ音。

「巨大《きょだい》ロボや変身ヒーローに比べれば、てめえなんて空飛ぶデカいトカゲじゃねえか！

戦闘員を舐めんじゃねえ！」

「キョエエエエエエエ！」

「隊長ー！」

5

森の中をひたすら駆《か》けながら、俺は一人愚痴《ぐち》っていた。

「全然デカいトカゲなんかじゃなかったわ。アレは無理だ、ヒーローよりよっぽどヤバい」

ドラゴンヤバい、超《ちょう》ヤバい。

まず硬《かた》くて重くてデカい上に頭が良い。

Rバッソーで斬《き》り掛かってみたものの、傷を負わせたら空を飛ばれて炎《ほのお》を吐《は》かれた。

アレは個人で戦うもんじゃない、大勢で対空兵器なんかを使って遣《や》り合うヤツだ。

「……迷った」

森に分け入り何とかドラゴンを撒《ま》いたものの、アジト街の方角が分からない。

この森は磁力を帯びているのか、富士の樹海のようにコンパスを狂《くる》わせる。

だんだん薄暗《うすぐら》くなってきたし、まさかこのヤバい森で野宿するのか？

落ち着け、最古参兵戦闘員六号、サバイバル生活なら今まで幾《いく》らでも送ってきただろう。

不安なんて何もない、悪行ポイントも多少はあるしどうにでもなる！

……と、人間にとってとことん優しくない森の中で自分に言い聞かせながら警戒していると、ふと何者かの視線を感じた。

腰《こし》の後ろに手を回し、ハンドガンを握《にぎ》り締めると――

「――？」

目の前の茂《しげ》みから声にならない音が聞こえ、やがて見覚えのある仮面が現れる。

「カチワリちゃんだー！」

「――ッ⁉」

森で心細くなっていた事もあり、俺はカチワリちゃんに縋《すが》り付いた。

「助かったよ、ドラゴンに追い掛《か》けられたせいで方向を見失ってさあ！」

縋り付かれてオロオロしていたカチワリちゃんは、やがて子供を慰《なぐさ》めるかのようによしよしと頭を撫《な》でてきた。

森で中学生くらいの少女に慰められるこの絵面は、なんだか酷《ひど》く犯罪臭《しゅう》がする。

「おっと誤解しないでくれよ？　別に不安に思ってたわけじゃないし、俺一人でも何とかなる。でも早くアジトに帰ってやらないとさ。ほら、でないと俺の部下が心配するだろ？」

「――！　――！」

分かってるとばかりにうんうん頷《うなず》き、なおも頭を撫でてくるカチワリちゃん。

これはどうやらちっとも分かってない。

「ていうかカチワリちゃんは何でこんな所にいんの？　体もまだあちこち怪我《けが》だらけじゃん、アジトで治療《ちりよう》を受けてたはずだろ？」

「――。――！」

ジェスチャーから推測するに、傷の治療もそこそこに集落が気になり、医療室から抜け出《だ》して来たらしい。

戦闘民族とはいえ、子供一人で集落に行かせるのはどうかと悩《なや》み、閃《ひらめ》いた。

「頼《たの》みがあるんだけど俺をアジトまで送ってくれない？　もちろんお礼はするからさ」

カチワリちゃんはコクリと頷き、まるで迷子を送り届ける保護者のように俺の手を取り先導を始める。

これは人の好いカチワリちゃんに仕事を頼みアジトで保護するという作戦なのだが、どうやらお姉さんぶりたいお年頃《としごろ》らしい。

「……おいおい、さっき取り乱していたからって子供扱《あつか》いしてんのか？　俺も随分《ずいぶん》舐《な》められたもんだ、別に手を繋《つな》がなくても迷わな」

「ラアアアアアアアアアアアーッ！」

「ギュッ⁉」

カチワリちゃんが突然手斧《ておの》を投げると、茂みの中から悲鳴が上がった。

茂みに分け入ったカチワリちゃんは、頭をかち割られたデッドリーヘッグを嬉々《きき》として見せ付けてくる。

「――――ッ！」

手斧を掲《かか》げて声なき勝《か》ち鬨《どき》を上げるカチワリちゃんに、俺は片手を差し出した。

――魔《ま》の大森林と呼ばれるこの森は、アリスいわく大陸の六割近くを占《し》めてるそうだ。

それだけ広大な森ともなれば、蛮族《ばんぞく》が独自の文化を築いていてもおかしくない。

俺達にとっては危険なこの森も、カチワリ族にとっては住み慣れた家であり庭のようなものなのだ。

つまり何が言いたいかというと……。

「カチワリちゃん助けて！　二足歩行のウサギが追い掛けてくる、何アレ怖《こわ》い！」

「ラアアアアアア！」

現在俺達はよほど森の奥深くに迷い込んだのか、魔獣《まじゅう》の襲撃《しゅうげき》を受けまくっていた。

俺に向かってダッシュしてきた角の生えた大きなウサギが、カチワリちゃんの手によってウサギ肉へと変えられる。

手斧を使って器用に肉を解体するカチワリちゃんは、晩ご飯を確保出来た事が嬉《うれ》しいのかどことなく上機嫌《じょうきげん》だ。

「一応言っとくけど、俺が本気を出せばこのキモウサギも余裕《よゆう》だからね？　ただ、キモかったから任せただけで、俺って結構強いから」

俺の弁明にコクコク頷き、解体を終えたカチワリちゃんはウサギ肉を葉っぱで包むと竹《たけ》筒《づつ》みたいな物に入った水で手を洗う。

やがて綺麗《きれい》になった小さな手をスッとこちらに差し出してきた。

子供に手を引かれる事に慣れてきた俺は自然とその手を握り締《し》め、

「おわっ⁉　何すんのカチワリちゃん、急に引っ張られるとビックリする……」

勢いよく手を引かれた事に対する抗議《こうぎ》の声は、俺が元いた場所に降ってきたヘビを見て引っ込んだ。

手斧を片手にヘビの胴体《どうたい》を踏《ふ》み付けて、手際良く頭を刎《は》ねるカチワリちゃんは、

「……なあ、カチワリ族って本当に負けそうなの？　一体どんなヤバいのと戦ってんの？」

「……？」

皮を剝《は》ぎ取りヘビ肉を葉っぱで包みながら、不思議そうに首を傾《かし》げた。

すっかり陽が暮れた森の中を、カチワリちゃんが分けてくれた干し肉を囓《かじ》りながら進んでいく。

カチワリ族は夜目が利くのか、暗い森の獣道《けものみち》を危なげなく案内してくれる。

彼等との関係は今後どうなるか分からないが、改造手術を受けた戦闘員《せんとう》も夜目が利くとはいえ、夜間での森での戦闘は控《ひか》えた方が良さそうだ。

「――！」

「おっ、さっき俺が食われ掛けたヤバい花だな。大丈夫《だいじょうぶ》だ、もう騙《だま》されないよ」

俺の手を引くカチワリちゃんが指差す先には、人の頭ほどの大きさの綺麗な花が咲《さ》き誇《ほこ》っていた。

花の中心部には宝石みたいな物が埋《う》まっており、先ほど、それを回収しようと手を伸《の》ばしたら勢いよく花びらが閉じたのだ。

落ちていた小枝で宝石を突《つつ》いてみたところ、この花の花びらは鋭利《えいり》な切れ味を持っている事が判明した。

カチワリちゃんが止めてくれなければ、危うく片手を失っていたところだ。

「――！　――！」

俺が学習した事を褒《ほ》めているつもりなのだろう。

背伸《せの》びしたカチワリちゃんが『えらい！』とばかりに俺の頭を撫でてくるが、これは完全に舐《な》められてるな。

――しばらく森の中を歩いて行くと小さな沢《さわ》に辿《たど》り着《つ》いた。

カチワリちゃんが身振《みぶ》り手振りでここで休憩《きゅうけい》しようと伝えてくる。

「よし、今度こそ俺に任せろ。科学の力を見せてやる」

小枝を組んで焚《た》き火《び》の用意をしていたカチワリちゃんが小さく首を傾げているが、ここは文明の利器の出番だろう。

以前アリスやバイパーと共に森に入った時は、バイパーが何でも出来すぎた。

ここはライターや携帯食《けいたいしょく》を使って現代人の力を蛮族に……、

「――！」

「……カチワリちゃん、それって何？　何で一発で火が付くの？」

キラキラした赤い石を手斧で叩《たた》き、手際良く火を付けたカチワリちゃん。

またたよ、この星の現地人はサバイバル能力が高過ぎだろう。

カチワリちゃんは拾った小枝を手斧で器用に尖《とが》らせると、塩を振《ふ》ったウサギ肉やヘビ肉を突き刺《さ》し、焚き火にかざした。

取り出した大きめの鍋《なべ》状の葉っぱを焚き火に載せて、中に沢の水を注ぎ込む。

この葉っぱは火に強いのか燃える事はなく、やがて湯が沸《わ》き出した。

カチワリちゃんは葉っぱを使って沸かした湯を竹製の水筒《すいとう》に補充《ほじゅう》すると、残ったお湯の中に道中で採取した野草を浮《う》かべる。

多分、カチワリ族が飲むお茶みたいな物なのだろう。

良い匂《にお》いが漂《ただよ》ってくるソレを、仮面越《ご》しにフーフーと息を吹《ふ》きかけ冷まし葉っぱの容器ごと差し出してきて……、

「いや、これ子供に面倒《めんどう》見てもらってるダメな大人じゃん。うん、お茶はもらうよ？　飲ませてもらうし、ありがたいんだけどさ……」

不思議そうに首を傾げるカチワリちゃんは、俺が葉っぱを受け取ると良い感じに焼けた串《くし》焼《や》き肉を差し出してきた。

アリスといいカチワリちゃんといい、俺は子供に養われる属性が付いてるのだろうか。

——と、食事を終えてまったりとお茶を飲んでると。

「……おっと、これはさすがに俺でも分かる。そこの茂みに何匹《なんびき》か魔獣がいるな」

「——ッ！」

手斧を片手に立ち上がったカチワリちゃんは、俺を背中に庇《かば》うように前に出る。

気付かれた事を悟《さと》ったのか、デッドリーヘッグが四匹ほど茂みの中から現れた。

戦闘集団のカチワリ族でもこの数は脅威《きょうい》なのか、ジリジリと後退ったカチワリちゃんは俺に触《ふ》れると動きを止める。

チラリとこちらを振り返《かえ》り、意を決したように魔獣に向けて駆《か》け出そうとするカチワリちゃんを捕《つか》まえた。

「カチワリちゃんは俺の仕事を知らないの？　俺って戦う事を生業《なりわい》にしてるんだ」

俺はこちらを見上げるカチワリちゃんへ、安心させるように笑みを浮かべ。

「ここまで道案内してくれたお礼だ。今度は俺が助けるよ」

腰《こし》から銃《じゅう》を引《ひ》き抜《ぬ》く俺に、カチワリちゃんはこくこくと何度も頷いた——

——真っ暗な森の中、俺は無数のデッドリーヘッグに追われながらカチワリちゃんを抱《かか》えて駆け抜ける。

「カチワリちゃんごめんな、最初の四匹だけだと思ったんだよ、あの数なら余裕でいけたんだ」

肩《かた》に担がれたカチワリちゃんは、弁明する俺の頭を気にしてないよとばかりにポンポンと撫でてきた。

最初のデッドリーヘッグ達はどうやら斥候《せっこう》部隊だったらしい。

四匹目を撃退《げきたい》したと思ったら、無数のデッドリーヘッグに囲まれていた。

スタングレネードで目を眩《くら》ませた隙《すき》に、この子を抱えて逃《に》げ出したのだが——

戦闘服で強化されているとはいえ、さすがに犬型魔獣には追い付かれる。

黒い影《かげ》が迫《せま》り来る中、肩からぶらんと垂れ下がっていたカチワリちゃんが手斧を握《にぎ》った。

「ラアアアアアアアアーッ！」

背後から飛び掛《か》かってきたデッドリーヘッグの頭に向けて、肩に担がれたままの体勢でカチワリちゃんが斧《おの》を振り下ろす。

魔獣迎撃《まじゅうげいげき》装置と化したカチワリちゃんを担ぎ、森の合間から見える光を目掛けひた走る。

遠くに視認できるあの光は、アジト街の見張り台から森を照らすサーチライトだ。

あそこまで出られれば同僚《どうりょう》達の援護《えんご》が期待出来る。

やがて転がり出るように森から抜け出《で》た俺達が、明るい光を見上げると――

なんか、アジト街が燃え盛っていた。

6

焼けた瓦礫《がれき》を住人達が片付ける中、カチワリちゃんを医療《いりょう》室に預けた俺は、キサラギの主要メンバーと共に会議室に呼ばれアリスの説明を受けていた。

「そんなわけで、お前さんが偵察《ていさつ》任務に就いてる間にハイネ達を追い掛けてきたドラゴンによる襲撃を受けた。ドラゴンの気を引いていたロゼとラッセルが怪我《けが》を負ったが、死者がいないのは幸いだな」

怪我を負わされたキメラ組は現在医療室にて治療《ちりょう》を受けている。

頑丈《がんじょう》なアイツらが絶対安静を言い渡《わた》されるとは、正直ドラゴンの力を舐めていた。

アジト街で燃えたのは木造の倉庫のみで人的被害《ひがい》は無かった事が判明し、皆《みんな》が胸《むね》を撫《な》で下《お》ろしたものの住人達の表情は暗い。

それもそのはず。

「まったく、この役立たず共ときたら俺が居ないと何も出来ないのかよ！　これだけの防衛施設《しせつ》と装備に囲まれながら、トカゲすら倒《たお》せないのか！」

アジト街には多数の戦闘員が居たにも拘《かか》わらず、飛来したドラゴンに手も足も出なかったらしい。

罵声《ばせい》を浴びせる俺に向け、俺を囮《おとり》にして逃げ出した役立たずAが嚙《か》み付いた。

「う、うるせえバーカ！　俺達だって備え付けの重火器で対抗《たいこう》したんだよ！　でもどういうわけか飛び道具が効かねえんだ！」

「ああ？　コイツ、適当な言い訳かましやがって！　素直に僕達では手も足も出ませんでした、やっぱ戦闘員六号さんが居ないとダメなんですって言ってみろ！」

俺の煽《あお》りを受けて殴《なぐ》り掛かってきた役立たずAを迎撃《げいげき》していると、アリスが珍《めずら》しく擁護《ようご》した。

「いや、本当に重火器の効果が無かったんだよ六号。そしてこの現象には覚えがある」

アリスの言葉に俺と役立たずAが動きを止めると、スノウがそれに追随《ついずい》する。

「うむ、砂の王や巨大猫《きょだいねこ》が持っていた、飛び道具無効化の特殊《とくしゅ》能力だな」

俺達が戦ってきたデカい魔獣《まじゅう》は大体この能力を持っていた。

なるほど、そうなると空を飛ぶドラゴン相手だと対抗手段が……。

「分かったかアホが、俺達だって何もしなかったわけじゃねーんだ！　攻撃《こうげき》が効かない時点で住民の避難《ひなん》を優先させたんだよボケが！」

「大体お前は、森で迷子になった挙げ句にカチワリちゃんに保護されたんだってなあ？　オラッ、役立たずはどっちなんだよ、言ってみろ！」

役立たず二人が、先ほどのお返しとばかりに煽り返した。

そのまま二人と取っ組み合いの喧嘩《けんか》をしていると、会議室のドアが控えめに叩かれる。

「失礼します。街の様子を見回って来ましたが、大きな被害はありませんでした。これなら冬への備えは間に合いそうです」

そう言いながら入って来たバイパーは、どことなくホッとした表情を浮かべていた。

と、取っ組み合っている俺達を見てバイパーが慌《あわ》てたように、

「あ、あの、六号さん？　悪の組織とはいえ喧嘩は良くない事ですよ？」

「これは喧嘩じゃないよバイパーちゃん、役立たずを叱《しか》ってたんだ。コイツらは戦う事しか取《と》り柄《え》が無いクセに、それすら遂行《すいこう》出来なかったらタダのうんこ製造機じゃん」

「コイツ、次にドラゴンが襲《おそ》ってきたらお前一人で戦わせるからな！」

「おう、泣《な》き喚《わめ》いても助けてやらねえぞ！　バイパーさんが居たから良かったものの、お前じゃぜってー敵わねえから！」

バイパーさんが居たから良かったものの、って……。

「ひょっとしてバイパーちゃんがドラゴンを撃退したの？」

「あ、はい……。アリスさんが、飛び道具が効かないのなら戦闘《せんとう》員の皆さんをロケットで打ち上げようと言い出したので、それなら私がと……。ロケットではなくハイネのグリフォンで運んで貰《もら》い、ドラゴンに飛び移ってから魔王《まおう》パンチを……」

相変わらず自分の体を張る事に躊躇《ちゆうちよ》の無いバイパーの言葉に、本職の戦闘員達が気まずそうに視線を逸《そ》らした。

「……お前ら、新人の女幹部に特攻《とつこう》させて恥《は》ずかしいと思わないの？　しかも、ロゼとラッセルみたいなガキ共ですら体を張って怪我したのに……」

「ちょっとだけ思ってるよ！　でも仕方ないだろ、俺達が止めてもバイパーさんが乗り込

んで行くんだもんよ！」

「俺達だってちゃんと戦える相手なら先陣《せんじん》切って突《つ》っ込《こ》んでくから！　ドラゴンへの対抗手段を考えておくから、次は見とけよ！」

負け犬じみた言い訳をしながら出て行くモブを見送っていると、アリスが言った。

「カチワリ族の手紙からすると、竜《りゅう》を始めとした多数の大型魔獣がいると書かれてた。なら、あのドラゴンみたいなヤツがまだいると考えた方がいい」

「そうか……。私は建設業を生業としているからいいが、戦闘員は大変だな」

本業が騎士《きし》だったはずの建設作業員が他人事《ひとごと》のように言ってくる。

「お前ふざけんなよコラ、相手がヤバそうだからって腰引けやがって！　何が建設業だ、いつもの騎士のコスプレはどうしたんだよ！」

「ぶ、無礼な事を言うな、コスプレ呼ばわりは赦さんぞ！　確かに昨夜のヤツはデカかったが、あれほどの大物はそうそういるものではないだろう。それにドラゴンは売れば金になる、そこまで言うならやってやろう！」

言い合いを始めた俺達に、バイパーがおずおずと手を上げて。

「あの、言い難いのですが……。あの小ぶりのドラゴンはあまりお金にならないかと……」

えっ。

「アレで小ぶりって何言ってんのバイパーちゃん。俺達、命辛々《いのちからがら》逃《に》げて来たんだけど」

「い、いえその……。昨夜のはそもそも下位種のドラゴンでして。もちろん弱くはないのですが、この星で本当に恐《おそ》れられ、高い値段が付けられているのは、最上位種と呼ばれ自然災害とも言われる存在でして……」

しばらくの間はスノウと共に、俺も建設作業員を営む事にした――


――会議室を後にした俺が、転職を決意し重機置き場に向かっていると、アリスに突然《とつぜん》ナンパされた。

「おい六号、ヒイラギの所に抗議《こうぎ》に行くぞ」

「俺は建設作業員になったから、悪いが他を当たってくれ」

訳の分からない事を言い出したアリスの誘《さそ》いに俺は迷い無くノーを突き付けた。

昨日の今日で森の奥に出向くとか、バカも休み休み言えって話だ。

「お前が警戒《けいかい》してるのは森でドラゴンを操るヒイラギ族だろ。自分が抗議に行くって言ってるのは、法制機関を名乗る連中だよ」

そういえば、どっちも同じヒイラギって名前だったっけ。

「以前、アデリーって女が言っていただろ。『あの地上人達は我が眷属《けんぞく》。人々がその身に過ぎた力を手にした時、それを妨《さまた》げるための調停者』ってな」

なるほど、ヒイラギ族が本当にアイツらの関係者なら停戦協定に違反《いはん》する事になる。

「でも、アイツらがヒイラギ族に指示を出したのなら、ノコノコと本拠地《ほんきょち》に乗り込むのは危なくないか？」

そんな俺の疑問に対し、アリスが悪い事を企《たくら》む顔で。

「実は情報収集のために、連中のところに戦闘員十号を潜入《せんにゅう》させているんだ。あいつらの出方によっては、十号に指示を出してヤツらの拠点《きょてん》を爆破《ばくは》してやろう」

7

アリスと共に元トリスへとやって来た俺は、連中が拠点にしている城でごねていた。

「悪の組織がアポなんて取ってられるか、いいからアデリーってポンコツを呼び出せや！」

いきなり面会を求めた俺達は、城の門番らしきヤツに事前の連絡《れんらく》が無ければ通せないと止められていた。

「使徒アーデルハイト様は現在他のお客様を応対中です！　これ以上騒《さわ》ぐのであればヒイラギの精兵を呼びますよ！」

「お？　先の戦いで俺達に蹴散《けち》らされたクセに、お前キサラギ舐《な》めてんのか？　やるってんなら容赦《ようしゃ》しねーぞ？」

と、俺が門番に絡《から》んでいると頭上から声が降ってくる。

「構わないからその人達を通してやれ。アーデルハイトの代わりに私が相手をしよう」

城の窓から声を掛けてきたのはアデリーの上司のイケメンだった。

確かフリッツとかいう名前だったはずだが、門番の兵士に案内されたのは質素な造りの部屋だった。

ここはフリッツの自室らしいが、現在停戦中とはいえ一時は敵対した俺達と馴《な》れ合うつもりはないという事だろう。

ここは舐められないために、もっと好待遇《たいぐう》で扱《あつか》えやと文句の一つも……、

「実はグルネイドという国の使者がわけの分からない苦情を言いに来ていて、アーデルハイト君が応接室を使っていてね。すまないが、キミ達の対応はこの部屋でお願いしたい」

「……そうか。自分達もアポ無し訪問だからな、そういう事なら仕方がないさ」

今回はこっちが引いてやるみたいな態度のアリスだが、グルネイドからの苦情というと俺達が送った手紙が原因ですね。

「キミ達がここに来た理由は分かっている。ヒイラギ族が操る魔獣についての話だろう？」

どこか余裕《よゆう》を感じさせる笑みを浮《う》かべ、フリッツはテーブルの上で両手を組んだ。

「すっとぼけるかと思えば話が早いな。お前らが飼ってるヒイラギ族がドラゴンをけしかけて来やがった。まだ停戦期間中だったはずだが、どういう事なのか聞きに来た」

アリスの苦情にフリッツは未だ余裕の笑みを崩《くず》さない。

何か切り札でも隠《かく》し持《も》っているのかと思った、その時だった。

「確かにヒイラギ族は我が機関と関わりがある。だが彼らは、高い技術と文明を持つ我々を神の使徒だと崇《あが》める集団でね。アーデルハイトは彼等の事を眷属だのと呼んで可愛がっているが、言ってみれば下部組織……いや、我々を勝手に崇める信者だな」

そんな事を言いながら冷笑を浮かべるフリッツの背後で静かにドアが開かれて――

音も無く部屋に入って来たのは、右肩《みぎかた》にバスタオル、そして左肩に光学迷彩《めいさい》を引《ひ》っ掛けた、素《す》っ裸《ぱだか》の戦闘員十号だった。

俺達に気付いた十号は、やあとばかりに片手を上げる。

潜入任務はもっと慎重《しんちょう》にやるべきはずなのに、どうしてコイツはお偉《えら》いさんの部屋に住み着いてるんだ。

「ヒイラギ族という呼称《こしょう》も、我々に近付きたいがために彼等が勝手に名乗っているに過ぎない。……とはいえ、我々の思想や理念を説き、使わなくなった技術を払《はら》い下《さ》げはした

てどうしてお前はバレないんだ。


のだが」

　フリッツが何か言ってるが話が頭に入って来ない。

　アリスも予想外の展開だったのか、俺の隣《となり》で完全にフリーズしている。

　濡《ぬ》れた体をほこほこさせている事から、どうやら風呂上《ふろあ》がりらしい。

　十号が出てきた奥の部屋は浴室になっているのだろうが、勝手に風呂まで入っておいてどうしてお前はバレないんだ。

　フリーズしたままのアリスを肘《ひじ》で突《つつ》くと、ハッと我に返って再起動した。

「……ああ。つまりそちらの言い分は、ヒイラギ族が勝手にやった事だ、自分達に責任はない、みたいな……ええと……」

　いつになく言動が定まらない事からまだ完全に再起動したわけではないようだ。

　しっかりしろアリス、アンドロイドのお前が動じてどうする、俺達が変な反応を見せると振《ふ》り向《む》かれてバレるだろうが。

「いや、そこまで無責任な事は言わないさ。だがキミ達の組織では下の者が勝手に暴走したりはしないのかな？　枝葉の組織は無いのかね？　今回の件について謝罪はしよう。その上で、これまでの関係についても維持《いじ》したいと考えている」

　バスタオルで体を拭《ふ》き終わった十号は、にこやかに笑うフリッツの後ろで、冷蔵庫らしき物から勝手に飲み物を取り出した。

やめろ、『お前も飲むか？』みたいなジェスチャーを取るんじゃない。

「そ、そうか。謝罪してくれるならそれでいいさ。ええと、それじゃあアイツらはどうすれば……」

アリスがいつもの強気を出せていないが、コイツは想定外の事態に弱いのかもしれない。

と、十号がハンドサインとジェスチャーでこちらに何かを伝えてきた。

「先ほども言ったが、あくまで彼等は私達を一方的に慕《した》っているだけの者達だ。好きに対処してもらえばいい」

『重要機密・コイツ・女・男装してる』

……この状況《じょうきょう》で十号がそんな事を伝えてくるせいで、本当に話が入ってこない。

いや、確かにどことなく線は細いし声質もハスキーだが、それって今伝える必要がある事なのか、コイツ絶対今の状況を楽しんでるだろ。

「ええと、それでは……あの連中に報復しても構わないのか？」

未だ動揺《どうよう》を隠しきれないアリスをよそに、十号が再びハンドサインを送ってくる。

『証拠《しょうこ》・見せる』

違《ちが》う、別にフリッツが女だとか今はそこまで重要じゃない。

そんな俺の願いも虚《むな》しく、十号は堂々とタンスを開けて中を漁った。

「ああ、私はそれで構わないさ。とはいえ……」

十号はタンスから取り出した女物の下着を一切の迷いも無く身に着けて。

『な？』

なじゃない、どうして装着する必要があったんだ。

どうしてこの状況で俺達の邪魔《じゃま》するんだ、お前今絶対悪行ポイントが発生してるだろ。

俺達はお前がバレないように真面目《まじめ》な顔を取《と》り繕《つくろ》ってるんだぞ、その格好で親指くわえてセクシーポーズを取るのはやめろ。

「彼等が使っているのは、我々にとって時代遅《じだいおく》れの技術とはいえ、キミ達にとって十分な脅威《きょうい》となるだろう。なにせアレは、下位のドラゴンすら操れる代物だ」

いよいよ我慢《がまん》出来なくなった俺は肩《かた》を震《ふる》わせ俯《うつむ》いた。

それを見て交渉《こうしょう》を有利に進められているとでも受け取ったのか、フリッツは不敵な笑みを浮かべてみせるが……。

「彼等は案外手強いぞ。フフッ、せいぜい報復とやらがうまくいく事を祈《いの》っているよ」

あなたの部屋のベッドの中で、下着姿のおっさんが寝《ね》始めましたよ。

――ヒイラギからの帰り道。

疾走《しっそう》するバギーの助手席で、俺は運転席のアリスに言った。

「送り込むヤツを考えろよ。笑っちゃいけない状況だと、余計笑いたくなるんだぞ」

「アレを自分のミスみたいに言われるのは心外過ぎるぞ。お前ら戦闘員《せんとう》は本当に何なんだ、一体何を食べてどう生きればあんなバカな行動が取れるんだ」

キワモノの多い戦闘員に今さらそんな事言われても。

「何にせよ、これで言質は取った。頼《たの》まれたのは子供の受け入れだが、もうカチワリ族に加勢するぞ。これは悪の組織と法制機関の代理戦争だ」

「つまり、久しぶりの戦闘員派遣《はけん》業って事か。戦う事なら任せとけ、って言いたいところなんだけど……」

問題は、敵が手懐《てなず》けている銃弾《じゅうだん》の効かない大型魔獣《まじゅう》だ。

言ってみれば圧倒《あっとう》的に火力が足りない。

デストロイヤーを持ち出しても、ドラゴンに空を飛ばれては手が出ないのだ。

「お前さんの懸念《けねん》は分かっているさ。それに関しては自分に任せろ、ウチの最強の戦力を頼《たよ》ればいいんだ」

現時点での俺達の最強戦力といえば、それは一人しかいない。

何だかんだで面倒見《めんどうみ》の良いあの人が、ロゼとラッセルが入院中と知れば間違《まちが》いなく駆《か》け付けてくるだろう。

しかも現在アジト街ではカチワリちゃんを保護している。

ロリを拗《こじ》らせたあの人なら、カチワリちゃんがお願いすれば一発だ。

何より、かつて激戦の果てにドラゴンを倒《たお》し、その魔導石《まどうせき》を奪《うば》ってきた実績もある。

現在、グルネイドという国に潜伏《せんぷく》中の森林戦のエキスパート。

キサラギ最強の怪人《かいじん》である、トラ男の出番が来たようだ——

幕間①　――お姉さん、初めまして！――

聞き慣れた声が頭に響《ひび》いた。

「今の気分はどうだい？　頭痛や吐《は》き気《け》なんかは無い？」

薄《う》っすらと目を開けると、白衣の女の人がこちらを覗《のぞ》き込んでいる。

……何だか頭がぼやっとする、と目の前の女の人に答えた。

「そりゃそうさ、キミに打ったのは記憶《きおく》を取り戻《もど》すための薬だからね。脳に負荷が掛《か》かってるんだ、ぼやっとするのも当然さ」

どうしてそんな薬を打ったの？

「どうしても何も、本来のキミの人格を取り戻すためさ。覚えていないと思うけど、改造手術であちこち弄り回したキミの体は定期的にメンテナンスを必要とするんだ。そして、メンテナンスの最後には、こうして記憶の回復措《そ》置《ち》を行っているのさ」

別に、記憶を失ったままでもいいのに……。

「そういうわけにはいかないよ。キミが可哀《かわい》そうな子になったのは僕の責任だからね。たとえどれだけ時間が掛かったとしても、必ず元に戻してみせるよ」

……今までどんな方法を試したのか、聞いてもいい？

「……催眠療法《さいみんりょうほう》だね。大丈夫《だいじょうぶ》、今回は自信があるよ。前回ちょっとだけ効果があった催眠療法と特殊《とくしゅ》な薬を併用《へいよう》するのさ。キミを催眠状態にして、遠い過去の記憶を呼《よ》び戻すんだ」

……本当に、催眠療法はちょっとだけ効果があったの？

ぼやっとする記憶の欠片《かけら》に、何か酷《ひど》い事を言わされた覚えが……。

と、乗り気じゃない私の言葉に、女の人は心外だとばかりに首を振り。

「アレは遊んでいたわけじゃないからね！　ちゃんと催眠に掛かっているかを確認するため、キミが普段《ふだん》言わなそうな事を命じただけだよ！　ちょっと官能小説を朗読させただけだから、あまり気にしない事だ」

………………。

黙《だま》り込んだ私から目を逸《そ》らし、女の人は誤魔化《ごまか》すように咳払《せきばら》いすると。

「それじゃあ記憶の回復を始めるよ！　キミは今、既《すで》に遠い過去へと記憶を遡《さかのぼ》っている。言葉遣《ことばづか》いが昔のままなのがその証拠さ！　さあ、まずは自己紹介《しょうかい》だ。そして、今の自分がどんな状況なのかを言ってごらん？」

名前……私の名前……そして、今の私は――

「私の名前は三条《さんじょう》ゆかり……明日《あした》は小学校の入学式……」

「戻り過ぎぃ！」

二章
ベリアル来襲

1

訓練場に集められた俺達の前で、笑顔の上司が言ってきた。

「来ちゃった」

一体何がどうなったのか、キサラギ最強の戦力である業火のベリアルがやって来た。

俺は隣《となり》に立つアリスにだけ聞こえる声で。

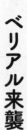

(てっきりトラ男さんを迎《むか》えに行くのかと思ったら、何でベリアル様がいるんだよ！)

(地球での戦闘が小康状態らしくてベリアル様の手が空いてたんだ。以前リリス様を騙《だま》くらかして呼んだ時と違って、今はアジトの転送装置も安定しているからな。地球から呼び出しを受けたらすぐ送り返す条件付きでベリアル様を借りられたのさ）

三人の最高幹部の中で、ベリアルだけはデスクワークがない。

正確にはデスクワークが出来ないのだが、地球で戦力を持て余しているぐらいなら現地で使った方がいいという事なのだろう。

確かに今の状況なら誰《だれ》よりも頼りになるが、この人はフットワークが軽過ぎる。

（おいアリス、お前ベリアル様がどういう人なのか分かってるのか？　ある意味ではリリス様より問題児なんだぞ）

（理不尽《りふじん》で話が通じず、何でも力で解決する武闘派《ぶとうは》だとは聞いてるよ。そもそもキサラギにまともな人間なんていやしねえんだ、厄介《やっかい》事が起こるのは想定済みだよ）

アリスがそこまで理解しているならいいのだが、実はさっきから、ベリアルについて一つ気になる事が。

「ベリアル様、ちょっと質問いいですか？」

「何だ六号、言ってみろ」

そう言って胸を張るベリアルに。

「それじゃあ聞かせてもらいますけど、何でそんな格好してるんですか？　今までのドスケベ幹部服はどこいったんスか」

水着みたいな服を着ていたはずのベリアルは、赤くカスタマイズされた戦闘服を身に着けていた。

「お前が安物のコスプレAV嬢《じょう》みたいって言ったからだろうが！」

あれはただ感想を言っただけなのだが、根っこのところが純粋《じゅんすい》なベリアルはどうやら気にしていたらしい。

「戦闘服は良いんですけど、胸元をベルトで強調しているのはなんなんですか？　どうしてすぐエロくなるんですか」

「上司に向かってエロとか言うな！　仕方ないだろ、胸のファスナーが閉まらないんだよ」

ベリアルはそう言って、ナチュラルにエロを振《ふ》り撒《ま》いてくる。

「それで、今はどういう状況《じょうきょう》なんだ？　あたしは誰を焼けばいいんだ」

挨拶《あいさつ》もそこそこに物騒《ぶっそう》な事を言い出すエロ上司。

「森に住んでるヒイラギ族って連中が、デカい魔獣を操ってるんでソレを片付けて欲しいんス。ですが、その前に現地の部下を紹介しますよ」

すぐに帰る予定のベリアルにわざわざ紹介するのには理由がある。

他の同僚《どうりょう》達が先ほどから微動《びどう》だにしないのも、ベリアルに目を付けられないようにと、あえて動かないのだ。

「おいハイネ、こっち来い！　この方はキサラギ最高幹部の一人、ベリアル様だ」

と、様子を覗っていたハイネに向けて、俺がコイコイと手招きをしたその時だった。

「お前が報告書にあったパチもんか！」

「ぱ、パチもん⁉　パチもんってどういう事⁉」

突然《とつぜん》キレ出したベリアルに怯《おび》えたハイネが後退る。

「おいお前、自分の事を炎《ほのお》のハイネとか名乗ってるらしいな！　あたしは業火のベリアル様だ！　紛《まぎ》らわしいから名前を変えろ！」

「何で⁉」

初対面でいきなり理不尽な事を言い出したベリアルに、ハイネが唇《くちびる》を噛《か》み締《し》めながら言い返す。

「お、お言葉ですが、これは炎使いのアタシが前魔王《まおう》様から頂いた大切な称号《しょうごう》なんです。紛らわしいと言われても、おいそれと変えるわけには……」

そういえばコイツは、魔王軍四天王とか炎のハイネとか呼ばれる度に喜んでいたし、よほど思い入れがあるのだろう。

……だが、

「そんな事はどうでもいい、お前は今日からただのハイネだ！　あと、自分の事をアタシって言うとこもキャラ被《かぶ》ってるんだよ！　これからは『あたい』か『あちき』にしろ！」

「理不尽過ぎる！」

ついでに言うなら、二人ともエロい体をしているとこまで被ってると思う。

ハイネが喚《わめ》いているが、理不尽の塊《かたまり》みたいなベリアルには正論を言っても通用しない。

戦闘《せんとう》に関しては最高に頼れる人だが、それ以外に関しては色々ヤバい。

俺がハイネを紹介したのは、このちっとも人の話を聞こうとせず、理不尽で気分屋なベリアルのとばっちりを分散するため。

「よし、それじゃあハイネ！　同じ炎属性で現地人のお前はベリアル様の案内係だ。失礼が無いようしっかりやれよ！」

そして、何かと似ているコイツにベリアルを押し付けて、面倒《めんどう》を無くすためだ！

「お前と会うのも久しぶりだし、あたしの案内係は六号がいい」

2

目の前の光景にハイネが呆然《ぼうぜん》と呟《つぶや》いた。

「ベリアル様、フットワーク軽いですね……」

ベリアルがこの星にやって来てからまだ一時間ほどしか経っていないのだが、行動力の塊みたいな武闘派上司は、この星の観光もそこそこに森に火を放っていた。

この星の敵性生物と戦ってみたいと言い出したので、目の前の森に連れて来たのだ。

お供としてベリアルから指名を受けた俺とハイネがその光景を遠巻きに見守っていると、ベリアルの力で業火に包まれた森の中から蠢《うごめ》く影《かげ》が現れた。

「おっ？　おい六号、なんか変な女が出てきたぞ！」

「アレは森を焼くと現れる、ここの番人みたいなヤツです。頭がパックリ開いたら弾丸《だんがん》みたいなのを撃《う》ち出してくるんで、気を付けてくださいね」

ベリアルの力は、リリスのヤバい脳手術で得た発火能力だ。

その火力は絶大で、個人で兵器並みの攻撃《こうげき》力を持つベリアルは完全に人間を辞めている。

「あたしを誰だと思ってる、今さら銃弾《じゅうだん》なんて効くわけないだろ」

「……それでもまあ、念のためっス」

全身に限りなく改造手術を施《ほどこ》したせいで、高い防御《ぼうぎょ》力と身体《しんたい》能力も有しているベリアルは、何かと最前線に立ちたがる。

「あっ！　い、痛……くない、痛くないぞ！　おい六号、ちっとも痛くないからそんな目で見るのは止めろ！」

「分かりましたから隠《かく》れてください、わざわざ当たってやる必要はないでしょう」

「いや、森の番人の弾丸をまともに受けて、どうして生きていられんの……？」

引き気味のハイネをよそに、敵性生物が放つ弾丸を真正面から受け止めていた意固地なベリアルが、泣きそうな顔で木陰《こかげ》に隠れた。

それと同時に燃え盛っていた木々が枝葉から霧状《きりじょう》の水を噴出《ふんしゅつ》し、辺りの炎を消し始める。

「おい、コイツらスプリンクラーを内蔵してんのか？」

「この星の森は自力で消火活動するんですよ。そのおかげで焼き畑農業も出来ないんス」

ベリアルは感心したように頷《うなず》くと、ポケットから何かを取り出した。

「つまり、森を焼くには火力が足りないって事か」

「色々と間違《まちが》ってますが、ベリアル様が納得するならそれでいいっス」

ふんふんと頷いていたベリアルは、自分の首筋にソレを打ち込んだ。

ニトロを主な原料とするカートリッジで、ベリアルの発火能力を増加させる物だ。

コレを打ち過ぎると副作用で翌日が酷い事になるのだが、学習能力が無いこの人は何度言い聞かせても躊躇《ちゅうちょ》なく使用する。

血管に直接打ち込まれたニトロの効果か、ベリアルの目が充血《じゅうけつ》し輝《かがや》いた。

「おい新入り、炎使いならよく見とけ！　火力さえ足りてれば、あたし達に敵はいないって事を教えてやる！」

「は、はいっ！」

ハイネの返事に上機嫌《じょうきげん》になったベリアルは、木の陰《かげ》から右手を突《つ》き出《だ》す。

「これでも！　食らええええええ！」

ベリアルが叫《さけ》ぶと同時、森の中央に巨大《きょだい》な炎が打ち上がった――！

「――なるほど、その結果がコレか」

ベリアルが挨拶《あいさつ》代《が》わりに森の一部を消滅《しょうめつ》させた衝撃《しょうげき》で、アジト街の窓ガラスが全滅《ぜんめつ》した。

突然の大爆発《だいばくはつ》に住人達がパニックになり、グレイス王国からも様子見の使者がやって来ている。

そして現在、それらの後始末を終えたアリスに呼ばれ、窓の割れた会議室の隅《すみ》っこで俺達三人は正座していた。

「ごめんなアリス、いつもと同じ感覚で攻撃しちゃった。地球のアジトの窓は全部強化ガラスで出来てるだろ？　それに、向こうの住人は爆発には慣れてるからさあ」

申し訳なさそうな顔をしたベリアルが頭を掻《か》きながら謝るが。

「いや、ベリアル様はしょうがねえ。多少のトラブルが起こるのは承知の上で呼んだんだ。ちゃんとフォローしなかった二人が悪い」

「ちょっと待ちなよ！　あたいは悪くないだろ、ベリアル様の力がどれほどかも知らなかったんだからさ！」

ベリアルの火力を目の当たりにしたハイネは一人称《いちにんしょう》があたいになった。

「おっ、それじゃあ悪いのは俺だってか？　そいつはキサラギの戦闘員としては褒《ほ》め言葉《ことば》だね！　お前もベリアル様のお供に選ばれたんだ、一人だけ責任逃《のが》れは赦さねえぞ！」

「アンタはベリアル様と長い付き合いなんだろ!?　なら、こうなる事は予想しときなよ！」

正座したまま喧嘩《けんか》を始めた俺達に、アリスがやれやれと肩《かた》を竦《すく》めた。

「アジト街の窓は全部割れちまったが、ベリアル様の戦果を考えれば代償《だいしょう》としては小さなもんさ。なにせ開発が進まなかった森のド真ん中に広大な空き地が出来たからな。クレーターさえ埋《う》めてやれば、すぐに開拓地《かいたく》として利用できる」

ベリアルが引き起こす爆発の最大威力《いりょく》はTNT火薬1万トンに相当するらしい。

それがどれほどの威力なのかは知らないが、そんな攻撃をニトロカートリッジ一つでポンポン放てるのがベリアルの強みの一つだ。

「まあ自分もまさかベリアル様が、この星に来て即日出撃《そくじつしゆつげき》するだなんて思わなかったたからな。だがキサラギが誇《ほこ》る最強戦力が来た以上、もうヒイラギ族なんて敵じゃねえ」

キサラギの科学力に絶対の信頼《しんらい》を置くアリスは、小さな拳《こぶし》を握《にぎ》り締めると。

「悪の組織がやられたまんまでいられるか！　明日《あした》は戦闘員を集めて、カチワリ族の拠点《きょてん》に援軍《えんぐん》に向かうぞ！」

「ああ！　大怪我《おおけが》負わされたキメラ二人の仇討《かたきう》ちだ！　明日はあいつらに目に物見せてやるよ！」

盛り上がるアリスとハイネをよそに、ベリアルが俺の耳元に囁《ささや》いてくる。

（なあ、今から襲《おそ》いに行っちゃダメなのか……？）

この人の行動力と労働意欲《いよく》だけは、怠惰《たいだ》なリリスに見習わせたいところだ。


――翌日。

「うう……ろくごう、気持ちわるい……」

「朝っぱらから何て事言うんスか、俺のどこがキモいんですか」

戦闘員の宿舎に迎《むか》えに行くと、部屋から顔を出したベリアルが酷《ひど》い事を言ってきた。

「ちがう……。あたまが痛くて気持ちが悪い……」

「昨日、ニトロカートリッジを使ったからですよ。だからいつも言ってるじゃないですか、あんな体に悪い物は使わない方がいいですよ、って」

浴衣《ゆかた》をはだけさせたまま、まるで二日酔《よ》いのように青い顔をしたベリアルは、おもむろにニトロカートリッジを取り出した。

「こういう時は、寝起《ねお》きに一発打つとシャンとするんだ……」

「それは酒飲みのおっさんのセリフっス。そんな理由で打たせませんよ」

カートリッジを奪《うば》われたベリアルは恨《うら》めしそうな視線を向けながら、

「返せよ、あたしの大事な物……」

「返せません。リリス様から打ち過ぎ注意って言われてますから」

フラフラしているベリアルを、部屋に戻《もど》して着替《きが》えさせようと背中を押すと、背後でドサッという音がした。

何事かとそちらを見れば……。

「隊長……。そのエロい女の大事な物って？」

こちらをガン見するグリムが立っていた。

誰《だれ》かへの差し入れだったのか、廊下《ろうか》にはサンドイッチか何かが入ったバスケットが転がっている。

「見るからに二日酔いみたいな、そこのエロエロ女から何を奪ったの？　服をはだけさせ

たその女の、大事な物って何なのよおおおおおおおおおお！」

「朝から何だようるせえな！　コレだよコレ、ベリアル様のニトロだよ！」

　ベリアルから取り上げたニトロを見せると、グリムがふと真顔になる。

「……ベリアル様って、名前だけは聞き覚えがあるわね」

「キサラギの最高幹部の一人だよ。俺の上司で偉《えら》い人だ」

　グリムはその場でピシッと正座すると、深々と頭を下げて。

「いつもウチの隊長がお世話になっております。私、隊長の部下兼婚約者《けんこんやく》のグリム＝グリモワールと申します。若輩者《じやくはい》ですが、今後とも私達二人をご指導くださいませ」

「お前誰彼《だれかれ》構わず婚約者を自称《じしよう》するのは止めろ、でないときっと後悔《こうかい》するぞ」

　思わず突っ込《こ》む俺に向け、グリムがカッとこちらを見詰《みつ》め。

「後悔するってどういう事よ！　今更《いまさら》アレは嘘《うそ》でしたは通じないわよ！」

「婚約者がいるって言って回ると、他に男が寄ってこないって事を教えてやってるんだぞ」

　真剣《しんけん》な顔で悩《なや》み込むグリムにバスケットを拾って渡《わた》してやると、いつの間にか顔色が良くなっていたベリアルが口を開いた。

「お前、相変わらず変な女にモテるなあ。婚約者って何なんだ？」

「十年後にお互《たが》い独身だったら結婚《けつこん》するってだけですよ。まあ、俺はそれまでに誰かとくっつくつもりですが」

「仮にも婚約者の目の前で、この人最低な発言したわね」

バスケットを抱《だ》きながら文句を言うグリムに向けて、ベリアルが訝《いぶか》し気にジッと見詰め。

「なあ、グリムって言ったか。お前、何で裸足《はだし》なんだ？」

「宗教上の理由です。靴《くつ》や靴下を履《は》くと、大変な事になるんです」

初対面では誰もが気になる部分に突っ込まれ、グリムが笑みを浮《う》かべて返す。

「……六号、コイツに靴下穿《は》かせてみないか？」

「ダメですよベリアル様、俺の予想だと多分コイツ死にますよ？」

だが好奇心旺盛《こうきしんおうせい》なベリアルは、子供みたいに目を輝かせると。

「靴下穿いて死ぬって何だ、そんなバカな話があるか。あたし悪の組織の人間だから、嫌《いや》がってるとむしろやりたくなる」

「いや、コイツ本当によく死ぬんですよ。ちょっと目を離《はな》しただけで、いつもくだらない理由でリタイヤするんス」

そんな事を言ってる間にベリアルが転送機とメモを取り出した。

どうやら本気で試すようだ、このままだとグリムが死ぬ。

「……ねえ隊長、まさか本気じゃないわよね？　私、隊長に食べて欲しくって朝ご飯作ってきたの。良妻ってヤツね。そんな可愛い婚約者がどうして殺されかけてるの？」

「いいかグリム、合図したら全力で逃《に》げろ。この人は言い出したら聞かない人だから、俺が体を張って時間を稼《かせ》ぐ。暫《しばら》くの間逃げ切《き》れば、ベリアル様は何をやろうとしていたのかすぐに忘れる」

俺の真剣な空気を読んだのか、グリムが怯《おび》えた顔で後退った。

だがグリムは、大切そうに胸に抱《だ》き締《し》めていたバスケットを廊下の隅にそっと置くと。

「隊長、今日のサンドイッチはいつもより気合いを入れたの。ピヨピヨモゲラの高級肉を使った自信作よ。この戦いが終わったら、中庭で一緒《いっしょ》に食べましょう？」

「俺が知らない肉を使うなよ、元の生き物の姿を見てから食べるか決める。……そうじゃない、お前は逃げろって！　俺達が束になっても勝てないから！」

グリムは口元に指を当て、フッと優しく微笑《ほほえ》むと。

「私はただ守られるだけの女じゃない。愛する女を命《いのち》懸《が》けで守ろうとする婚約者を置いて逃げられるような、そんな要領のいい女じゃないわ。フフッ、それが出来るんだったら、今頃《いまごろ》とっくにイケメンセレブと幸せな家庭を築いているわね……」

「別に命懸けで守ろうとはしてないし、愛する女は言い過ぎだぞ」

俺の突っ込みを聞き流し、グリムが幾《いく》つもの指輪を取り出した。

「これこそは夜の街を巡回《じゅんかい》し集めて回った愛の結晶《けっしょう》！　彼ら、彼女らの想いをこめて、今ここに……」

「オラァ！」

シチュエーションに酔い盛り上がっていたグリムは、言い終わる前にベリアルの低空タックルで引《ひ》き倒《たお》された。

さすがはキサラギ一の武闘派《ぶとうは》だ、ろくに反応すら出来なかった。

「ベリアル様に捕《つか》まっちゃったらもうどうにもならないな。しょうがない、ちょっとお供え物集めてくる」

「早々に諦《あきら》めないで！　待って隊長、私を守ってくれるんじゃなかったの⁉」

ベリアルに押《お》し倒されたグリムが喚《わめ》くが、最高幹部を前にしてしまっては、俺に出来るのは時間稼ぎがせいぜいなのだが……。

「だから逃げろって言ったのに、しょうがねえなぁ……。ベリアル様すんません、そいつ一応俺の部下なんで、ここで死なれちゃ」

「そおい！」

場の空気を読めないのではなく読もうとしないベリアルは、俺達のやり取りを全てスルーしグリムに靴下を穿かせていた。

3

グリムの亡骸《なきがら》を祭壇《さいだん》に収めた俺達が集合場所に行くと、三人のモブ戦闘《せんとう》員とハイネ、そして案内役のカチワリちゃんが待っていた。

集落を救ってもらえる事が嬉《うれ》しいのか、カチワリちゃんは手斧《ておの》を片手に上機嫌《じょうきげん》だ。

「どうするんスかベリアル様、アレは当分復活しませんよ」

「アレだとか復活だとか言われても何の事だか分かんないな。だってほら、あたし改造手術で記憶《きおく》が一部失われたから」

過去に行われた改造手術でどうしてさっきの記憶が飛ぶのかは分からないが、さっきのアレは無かった事にしたようだ。

——気を取り直したベリアルは、居並ぶ戦闘員に向けて大声を張り上げる。

「よし、全員揃《そろ》ったな！　番号！」

「六！」

「十五！」

「十七！」

「二十九！」

「──ッ！」

「えっ……あ、あたいはどうすれば……」

それぞれが自分の番号を叫《さけ》ぶとベリアルに頭を叩《たた》かれた。

「誰がお前らの名前を言えっつった！　もういい、戦闘員四人に現地人が二人だな！　あたしを含《ふく》めて七人か。軽い負傷なら作戦続行、一人減ったら撤退《てったい》だ！」

「そこは一人も欠けないようにとか言ってください、オケラやミジンコだけじゃなく戦闘員にも命があるんスよ」

リリスといいアリスといい戦闘員の命を何だと思ってやがる、これだからキサラギはブラック企業《きぎょう》だと言われるのだ。

だがベリアルは、ブーイングを上げる俺達を不思議そうに見回すと、

「バカ、あたしがいるんだからお前らが先に死ぬわけないだろ。ちゃんとお前らは守ってやるよ。減るとしたらあたしが最初だ」

「急にそういう事言われるとキュンとするんで止めてくれませんかね」

この人は普段《ふだん》は理不尽《りふじん》の塊《かたまり》なクセに、たまにこうやってたらしにくるのだ。

同僚《どうりょう》達が照れくさそうに俯《うつむ》く中、ちょっとだけ顔を赤くしたハイネがそっと囁《ささや》きかけてくる。

(なあ六号、ひょっとしてベリアル様は案外まともな上司なのか?)

まともな上司かはともかくとして、根っこのところは善良なんだよ。


——カチワリちゃんに森を先導されて数時間後。

生《お》い茂《しげ》る森の奥から、カチワリ族の合図らしき、何かを打ち付ける音が聞こえてきた。

「——!」

それを聞いたカチワリちゃんがハッと顔を上げた後ワタワタとジェスチャーするが、何を伝えたいのかが分からない。

音が聞こえてきた方に立ちはだかり大きくバッテンをしてくる事から、この先に行くなと言いたいのだろうか。

「おい、伝えたい事があるならちゃんと言え!」

「——!?」

理不尽な上司は蛮族《ばんぞく》の少女が相手でも容赦《ようしゃ》がなかった。

この子はまだ共通言語の習得が怪《あや》しいだけで、別に喋《しゃべ》らないわけではない。

カチワリちゃんもブンブンと首を横に振《ふ》り、その事を伝えようとしているが……。

「この先で何が起きてるのか言ってみろ。仮面付けるほど人見知りなのはしょうがないが、恥《は》ずかしがってる場合じゃないだろ！」

人見知りで仮面を付けてるわけじゃないと思うのだが。

カチワリちゃんはひとしきり迷った様子を見せると、ベリアルの耳元に仮面を寄せて。

「――。――！」

「よし、ちゃんと言えるじゃないか」

ベリアルが、よく出来ましたとばかりにカチワリちゃんの頭を撫《な》でる。

「さっきのを解説すると……。『この先にある集落が、大型魔獣《まじゅう》と多数のドラゴンの襲撃《しゅうげき》を受けており、戦況《せんきょう》は最悪。大人達は集落に火を放ち魔獣達を道連れにする。これを聞いた子供達はキサラギに保護を求めよ』だとさ」

ベリアルはこちらに背を向けたまま淡々《たんたん》と言葉を続ける。

「そしてこのちっこいのは、『これ以上は巻き込めない、もう帰ろう』って言ってるぞ」

そして、嫌がりもせず頭を撫でられるがままのカチワリちゃんを見下ろすと。

「お前ら、子供にここまで言わせたからにはやる事は分かってるな！」

それを聞いてハッと顔を上げたカチワリちゃんに、ベリアルは安心させるように笑いかけると、あれほど副作用で苦しんでいたくせに迷う事なくニトロを打った。

「お前らいくぞ！　乗り込めえええええ！」

「「「ヒャッハー！」」」

「ラアアアアア！」

「ま、待って、あたいを置いてかないで！」

ニトロの副作用で目を血走らせたベリアルは、血気に逸《はや》る戦闘員を引き連れて音が鳴る方へ駆《か》け出《だ》した――！


「――ベリアル様が突《つ》っ込《こ》んでって、森も魔獣もみんな焼けた」

「もうちょっとまともな報告をしろ」

帰還《きかん》した俺の報告に、アリスが詳細《しょうさい》を尋《たず》ねてきた。

「午前十一時二十分、襲撃を受けていたカチワリ族の集落に到着《とうちゃく》。十一時二十一分、ベリアル様が、大型魔獣を率いていたレッサードラゴンの一匹《いっぴき》に飛び蹴《げ》りを放ち、これを撃《げき》墜《つい》。その後、ベリアル様がカチワリ族の集落ごと残りのドラゴンと魔獣を焼いた」

「何て事してくれるんだ」

俺にそんな事言われても。

「ベリアル様を止める暇《いとま》も無かったんだよ。敵と遭遇《そうぐう》した瞬間《しゅんかん》に、熱に強いはずのドラゴンが蹴飛ばされて焼かれたんだぞ。人的被害《ひがい》が無かっただけマシだと思ってくれ」

俺の説明を受けたアリスがどうしたものかと腕《うで》を組む。

「……で、肝心《かんじん》のベリアル様はどこ行った？」

ベリアルの姿がない事に気付いたアリスが尋ねてくるが。

「うっかりカチワリ族の集落を焼いちゃったけど、もう片方も焼けばバランス取れるなとか言って、ヒイラギ族の集落を襲《おそ》いに行った」

「今すぐ追い掛《か》けて止めてこい」

アリスが真顔で言ってくるが、

「もう間に合わないと思うぞ。カチワリ族の集落からそんなに離れていないらしいし……」

と、まるでタイミングを合わせたように、割れた窓ガラス代わりに張り付けていたビニールがビリビリ震《ふる》え、森に巨大《きょだい》な炎《ほのお》が打ち上がる。

「……アイツらが持つ、魔獣を操る技術とやらが欲しかったんだがなあ」

「多分もう燃《も》え尽《つ》きてると思う」

とはいえこれで敵対蛮族が滅《ほろ》び、今後の侵略《しんりゃく》が楽になった。

「なあ六号。法制機関ヒイラギのフリッツが、『彼等は案外手強いぞ』だの、『フフッ、せいぜい報復とやらがうまくいく事を祈《いの》っているよ』だのドヤ顔で言ってたのは何だったんだ。竜は瞬殺《しゅんさつ》されてるし、ヒイラギ族なんてもののついでに狩《か》られてるじゃねえか」

「まあ結果的には良かったじゃないか。カチワリ族の集落は焼けたけど、死を覚悟《かくご》していた大人達も助かったんだし。ベリアル様が帰ってきたらご馳走《ちそう》で労ってやらないとな」

そもそも俺が一人で帰って来たのには理由がある。

ベリアルが、アジトに帰ったらこの星ならではの物を食べたいと言い出したのだ。

相変わらずの気紛《きまぐ》れぶりだが、オークのかぶと焼きで驚《おどろ》かせてやろうと思う。

「……そうだな。最高幹部が来る時点で穏便《おんびん》に済まねえのは分かってた。サクッと問題が解決した分、リリス様よりよっぽどマシだ。本部には無理を言って借り受けたから、二日で返す事が出来て良かったよ。今夜はせいぜい労って、気持ち良く地球に帰ってもらおう」

「ベリアル様は敵さえ与《あた》えておけばちゃんと働いてくれるからな。ただ……」

俺が途中《とちゅう》まで言い掛けると、アジトの無線に同僚達から連絡《れんらく》が入った。

『こちら戦闘員十五号。集落を焼却《しょうきゃく》したまでは良いんだが、ベリアル様が逃走《とうそう》した魔獣の群れとヒイラギ族を追い掛けてった。このままだと見失い……』

「あの人は敵を見付けると後先考えず突っ込んでって、はぐれて迷子になるんだよ」

「ベリアル様を追い掛けろ！」

無線に向かって呼《よ》び掛けながら、アリスが珍《めずら》しく慌《あわ》てていた。

4

そろそろ日も暮れる頃《ころ》、同僚達が数名のヒイラギ族の捕虜《ほりょ》を連れて帰ってきた。

ベリアルの姿が見えない事から、どうやら誰《だれ》も追い付けなかったようだ。

「……参ったな。キサラギ本部から呼び出しがあった際にはすぐ帰すって条件で借り受けたのに、ベリアル様に何かあったら言い訳出来ねえ」

俺の部屋にやって来たアリスは、人のベッドに寝転《ねころ》がると、見た目相応の子供みたいに足をばたつかせながら弱音を吐《は》く。

一応捜索隊《そうさくたい》を出してはいるが、未だに発見の報告は無い。

ベリアルが地球から水や食料を呼び寄せてくれれば転送先の座標が分かるのだが、サバイバル能力が高いせいか、まだ無補給で活動中のようだ。

まあ、ベリアルはあれで良いところのお嬢様《じょうさま》だ、夜になればさすがに野宿を嫌《いや》がり、簡易コテージや物資の転送を要請《ようせい》してくるだろう。

「ベリアル様ならそのうち平気な顔して帰って来るよ。スマホも使えない未開なこの星が悪いんだ。電波塔《とう》が無くても使える携帯《けいたい》をリリス様に作ってもらおう」

「……まあ、キサラギ最強の幹部が魔獣に後《おく》れは取らないか。引き続き捜索は続けるが、ベリアル様から連絡をくれる事を期待しよう。本部からの呼び出しがあったら上手く誤魔《ごま》化《か》すしかねえな」

と、アリスが愚痴《ぐち》を零《こぼ》していた、その時だった。

普段はあまり使う事のない地下牢《ちかろう》から、切羽《せっぱ》詰まった悲鳴が聞こえてきた――

「――フーッ！　フーッ！」

薄暗《うすぐら》い地下牢で、興奮状態のカチワリちゃんが格子を手斧《ておの》で殴《なぐ》りつけていた。

強烈《きょうれつ》な殺意を向けられた牢の奥には、ビクビクと身を震わせる女の姿。

「ダメだよカチワリちゃん、そいつは大事な捕虜だからね。コイツらの技術も欲しいし、処刑《しょけい》されちゃ困るんだよ」

勝手に地下に入り込み格子を壊《こわ》そうとしていたカチワリちゃんは、止めに入った俺を見上げると肩《かた》を落としてションボリした。

斧を手にした凶悪《きょうあく》犯が囚《とら》われた女の頭をカチ割ろうという絵面のはずだが、なんとなく罪悪感を覚えてしまう。

と、アリスがそんなカチワリちゃんに。

「長年争ってきた相手に報復したい気持ちは分かるが、それは尋問《じんもん》が終わってからな」

「おい、とんでもない許可を出すなよ。コイツはヒイラギ族の族長なんだろ？」

――ベリアルが集落を襲った際、ヒイラギ族の大半には逃《に》げられたものの数名ほどを捕《ほ》縛《ばく》した。

そこで何かと謎《なぞ》の多いコイツらを尋問し、色々聞き出そうという事になったのだが……。

「自分達の最終目的は全地球人の移住だからな。今は未開拓《かいたく》地が余っているが、その内この星も移住してきた地球人で飽和《ほうわ》する。なら、適度に間引いておいたほうが……」

「アンドロイドだからってドライにも程があるだろ！　……あれっ？　俺がこの星に派遣《はけん》されたのって、地球をキサラギが支配したら戦闘《せんとう》員が仕事を失うから、リストラ対策って事じゃなかったのか？　別に人類全部を引《ひ》っ越《こ》しさせる必要は無いんじゃねえの？」

そんな俺の問い掛けに、アリスがニコリと笑みを浮《う》かべ。

「そうだよ。お前ら戦闘員を路頭に迷わせるわけにはいかないからな。キサラギは仲間を大事にする秘密結社だ」

…………。

「おい、今の地球ってどうなってんだよ。なんかマズい事でも起こってんのか？　俺が帰《き》還申請出《かんしんせい》してるのに許可下りないのって、アパートを爆破《ばくは》されただけじゃないだろ！」

「よし、それじゃあヒイラギ族を尋問するか。六号喜べ、相手は女族長だぞ。こういうのは大好きだろ」

「そりゃあ確かに嫌《きら》いじゃないけど、今は俺の質問に答えろよお！」

と、その時だった。

「蛮族《ばんぞく》は思考が下劣《げれつ》で構成されている」

そんな事を呟《つぶや》いたのは、牢の奥で囚われているヒイラギ族の族長だった。

捕虜にした際に付けていた仮面を没収《ぼっしゅう》されたその女は、猫《ねこ》科を思わせる気の強そうな目で、こちらを卑下《ひげ》するような目で見詰《みつ》めている。

この族長はベリアルによる襲撃《しゅうげき》の際、仲間を逃がすために殿《しんがり》を務め捕《つか》まったらしい。

「蛮族ってのは自分達の事を言ってんのか？　それよりお前さん、ちゃんとした言葉を喋《しゃべ》れるんじゃねえか。バイパーに通訳させようと思ったが、これなら手間が省けるな」

「ヒイラギ族はお前達蛮族より優越《ゆうえつ》な存在である。なので私は蛮族言語を話す事が出来る」

確かに言葉は通じているが、なんか翻訳《ほんやく》サイトを通したような言い回しだ。

「……ところで、そこのカチワリ族個体も日常は蛮族言語で喋っています。体に存在している刺青《いれずみ》も擦《こす》れば落ちる。原住民族的キャラクター作りです」

「⁉」

族長の言葉に驚き、慌てて首を横に振《ふ》るカチワリちゃん。

「――！　――‼」

「分かった、大丈夫《だいじょうぶ》だから！　刺青拭《ふ》かなくても大丈夫、俺はちゃんと信じてるから！」

刺青を拭いてみろとばかりに、必死に布を押し付けてくるカチワリちゃんを宥《なだ》めていると、それを見ていた族長が笑い出す。

「ウフフ、ジョーク！　私は冗談《じょうだん》を言いました。カチワリ族的特徴《とくちょう》として総じて真面目《まじめ》である、アハハハハ！」

「――――ッ！　――――ッッッ！」

手斧で格子を殴り始めたカチワリちゃんに、族長がちょっとだけ後退りながらも、顔の横で両手をヒラヒラさせて子供のように挑発《ちょうはつ》する。

「その斧で格子を壊すのはたくさんの時間が掛かります！　頑張《がんば》れ！　頑張れ！　アハハハハハ、これは長期に及《およ》び我々に妨害行為《ぼうがいこうい》を働いた事への報復挑発であり、それに対しカチワリ族個体はとても必死です！」

「ラアアアアアアアアアアアアアアアアア！」

猛《たけ》りながら格子を殴るカチワリちゃんに、アリスが牢の鍵《かぎ》を差し出した。

「捕虜はもう何人か居るから、コイツは好きにしていいぞ」

「フーッ！　フーッ!!」

「カチワリ族個体、頭を冷却《れいきやく》してください！　挑発行為《ちょうはつこうい》を謝罪します！　しかしカチワリ族と我々は長期に及ぶ敵対関係にあります、私の心を理解してください！」

アリスから鍵を受け取り牢を開けようとするカチワリちゃんに、族長が半泣きになって弁解する。

「……おい、分かってると思うが、自分の質問に舐《な》めた答えを返したらコイツをけしかけるからな」

「理解した」

顔を引き攣らせる族長に、カチワリちゃんが見せ付けるように素振《すぶ》りを始めた。

「それじゃあそろそろお楽しみタイムといこうか。へっへっへっ、女族長さんよお。悪の組織に捕まった女捕虜はどんな目に遭《あ》わされるか知ってるか？」

「おう、思えばコイツらにはアジト街建設の度にソーラ・レイ攻撃《こうげき》で邪魔《じやま》されたからな。

何をどうやったらあんな事が出来るのか、これからジックリ聞いてやろう」

牢越《ろうご》しにゲスな笑みを浮かべる俺達に族長が青い顔で身を引かせる中、カチワリちゃんが待ってましたとばかりに拍手《はくしゅ》した。

敵の頭をカチ割る蛮族なだけに、こういった血腥《ちなまぐさ》そうな事に抵抗《ていこう》はないようだ。

「自分はここの実質的な責任者、キサラギ＝アリス。で、こっちは戦闘員六号だ」

「これはどうもご丁寧《ていねい》に。私はヒイラギ族族長、ミヤビ＝ヒイラギ＝アラキルシア……」

族長が自己紹介《しょうかい》を始める中、俺はアリスに耳打ちする。

「おいアリス、俺こんな長いの覚えられない」

「確かに名前が長くて面倒《めんどう》だな。お前は今日から蛮族Aな」

「………私は今日から蛮族A、理解した。キサラギ＝アリスは蛮族Aに何を問う？」

コイツらに関しては色々と聞きたい事はあるのだが……。

と、地べたに座り格子を掴《つか》んで尋《たず》ねる蛮族Aの前に、アリスは身を屈《かが》めると。

「まずはお前らのソーラ・レイ攻撃についてだな。空に衛星らしい物も無いのに、アレは一体どこから撃《う》ってるんだ？」

「空に浮かぶ空中要塞《ようさい》に座標を送り、支援砲撃《しえんほうげき》を要請してます」

……空中要塞。

「そうだよ、俺達が成層圏《せいそうけん》から降下した時は無かったはずなのに、知らない間に城が浮かんでたんだよ。あの城どっから生えてきたの？」

「城は生えていません、最初からそこに居ました。あの要塞は法制機関ヒイラギの本拠地《ほんきょち》である。日常は光学シールドで蛮族有視界を阻害《そがい》している。だからお前には見えなかった」

俺は蛮族Aのその言葉に、アリスと顔を見合わせる。

「『おいアリス、光学シールドなんて単語が出たぞ。マジで俺達と変わらないレベルの技術じゃないのか？』」

「『そもそもソーラ・レイって言葉の意味が通る時点でおかしいんだよ。部分的には間違《まちが》いなく地球の技術を凌駕《りょうが》してやがる』」

日本語で囁《ささや》き合う俺達に蛮族Aが不敵に笑う。

「法制機関ヒイラギの力は凄《すご》く凄い。彼らのスーパーパワーの前にお前達は敗北者になります。なので、ヒイラギ関係者である私を良くもてなすと楽になります」

俺達のやり取りを見て、どうやら強気に出る事にしたようだ。

「なあ、ちょっと尋ねたいんだけどさ。アデリーって女幹部がデカい猫を飼ってたんだけど、ひょっとして砂の王とか森の王とかもお前らが作ったの？」

「その通りです。法制機関ヒイラギが砂の王を作りました。そして違《ちが》います。トカゲ型機械生命体ガーディアンは法制機関ヒイラギの敵対勢力が作製しました。生もの魔獣《まじゅう》の多くはヒイラギ製、機械魔獣の多くは敵対勢力です」

どうやら蛮族Aは、俺達に技術をひけらかしたり解説するのが楽しくなってきたようで、ドヤ顔をしながら答え始める。

「『おい、ますます分かんなくなったぞ。生物型の巨大《きょだい》魔獣はヒイラギ製で、メカメカしいのはヒイラギと戦ってた組織が作った？　ヒイラギの敵対勢力ってどこなんだよ』」

「『ほら、森の王ってメカトカゲが守ってた地下施設《しせつ》があっただろ？　アレが敵対勢力のアジト、もしくは研究施設だと思うんだが……』」

話に付いてこれず暇《ひま》を持《も》て余《あま》したカチワリちゃんは、おもむろに手斧《ておの》を研ぎ出した。

「もうすぐお前達悪者に天罰《てんばつ》が下《くだ》るでしょう。なぜならヒイラギは、とある王族に対魔王《まおう》用隔世《かくせい》遺伝子を埋《う》め込んだ。そう、通称《つうしょう》勇者遺伝子が間もなく目覚め、魔王や魔族《まぞく》を根絶やします。そうなれば次の攻撃目標は……」

「その勇者とやらは行方《ゆくえ》不明だし、魔王なら転職したぞ」

「!?」

……静まり返った地下牢にシャコシャコと手斧を研ぐ音が響《ひび》く中、アリスが何事も無かったように質問を続けた。

「お前さんはウチがアジト街を築く度に壊しに来てたが、一体何がしたかったんだ？　森に縄張《なわば》り意識でも持ってんのか？」

「蛮族共が分不相応な物を築き始めたら、それを破壊《はかい》するのが私のお役目。それを合図に、法制機関ヒイラギが愚《おろ》かな蛮族を管理するために降りてくる」

蛮族Aは何かのスイッチが入ったかのように、両手を広げて立ち上がった。

「かつてこの世界には人類が大変に繁栄《はんえい》していた。高度な技術で高度な生活を送り、皆《みんな》が人生を謳歌《おうか》中でした。だが人類は増え過ぎたのだ！　食糧《しよくりよう》問題、住居問題、婚活《こんかつ》問題……」

「面倒な言い回しすんな、もっと分かりやすく説明しろ。見ろ、飽《あ》きた二人が勝手な事を始めたじゃねえか」

斧を研ぐカチワリちゃんの隣《となり》でナイフの手入れを始めた俺に、蛮族Aが聞いて欲しそうな視線を向ける。

「……昔は凄い技術があったおかげで人が増えた。そしたら、食糧不足に温暖化、土地不足や環境《かんきよう》汚染《おせん》、問題が色々起きて戦争が起こった。結果、ヤバい武器で大地の殆《ほとん》どがヤバくなって人が住めなくなった」

……ん？

「『なあアリス、この星の昔の話って、今の地球の状況《じようきよう》になんか似てねえ？』」

「『地球も人口増え過ぎ問題で大変な事になってるからな。キサラギが世界を侵略《しんりゃく》しなかったら放っておいても戦争が勃発《ぼっぱつ》したよ。文明社会を築いた種族が行き着く先はどこも大体そんなもんさ』」

どこもかしこも世知辛《せちがら》いな、ここは未知の惑星《わくせい》だってのに夢がねえよ。

「敵対勢力は荒廃《こうはい》した大地を復活させるため、遺伝子改良を施《ほどこ》した種子を蒔《ま》いて森を生み出し、番人を作って地下に隠《かく》れた」

「……？　荒廃した大地の復活はいいんだけどさ、今じゃ世界の大半を森が覆《おお》い尽《つ》くしてないか？　しかも普通《ふつう》の森ならともかく、開拓《かいたく》すらままならないヤベえ森じゃん。かえって人が住める場所が減ってねえ？」

「ミステイク。遺伝子改良を施し過ぎて、森の侵食《しんしょく》が止まらなくなった」

おい。

「ヒイラギも荒廃した大地を復活させるため、そして侵食する森を止めるために、砂の王を作って空に隠れた」

「………………？　大地を復活させるために砂の王を作った？　アイツ、大地を緑化するどころか砂漠《さばく》に変えまくってたぞ」

まあ、確かに森の王とは敵対していたみたいだが。

「ミステイク。モグラは土を耕し豊かにするという話を鵜呑《うの》みにして、開発部が適当に作ったらああなった」

「お前らも敵対勢力とやらもろくでもないな。そういうのは悪の組織がやる事なんだぞ」

俺に突《つ》っ込《こ》まれても悪びれる様子のない蛮族《ばんぞく》Aに、アリスが尋ねた。

「お前らの歴史は分かった。でも、分不相応な物を築くと破壊するってのは一体どういう了見《りょうけん》なんだ。アデリーって女は、自分達こそが正義だと喚《わめ》いていたぞ」

「ヒイラギの偉《えら》い人は言いました。かつての戦争や世界汚染《おせん》は蛮族が不相応な技術を手にしたから起こったのだと。そこで偉い人は考えました。蛮族はアホのままにしておこうと」

「おいアリス、コイツら悪だ！　これって愚民《ぐみん》化政策ってヤツだろ！」

簡単に言ってしまえば、与《あた》える情報を制限して教育レベルを徐々《じょじょ》に引き下げ、政治に疑問を持つ知能を持たせないという、キサラギ幹部ですら悩《なや》んだ末に却下《きゃっか》した統治法だ。

だが蛮族Aは悪呼ばわりが癇《かん》にさわったらしく、格子を摑んで罵声《ばせい》を浴びせた。

「お前ら蛮族は放っておけばポコポコ増えて、資源はあるだけ消費する！　バカは偉い人に管理されなければならない、さもなくば世界が滅《ほろ》ぶ！」

「うるせーバーカ！　俺は嫁《よめ》さんもらったら増える行為《こうい》は毎日やるぞ、何が管理だふざけやがって！　俺が少子高齢化《こうれいか》を解決してやる！」

「やはり蛮族はやはり下品で下劣《げれつ》です！　ヒイラギの世界管理が完了《かんりょう》したら、やはりお前のようなバカは真っ先に殺処分だ！」

　コイツ、言いたい放題言いやがって！

「やれるもんならやってみろ！　自分がどんな状況なのか分かってねえな、悪の組織では捕虜《ほりょ》をエロい目に遭わせても赦されるんだぜ！」

「本当は赦されねえぞ」

　突っ込んで来るアリスを尻目《しりめ》に、俺は鍵を開けて牢《ろう》へと入る。

　これから行われる事を予想したのか蛮族Aが両手を突き出し後退《だ》る。

「先の発言を取り消します、お前はイケてる蛮族です。何なら謝罪の踊《おど》りを披露《ひろう》します」

「何が謝罪の踊りだ、バカにしてんのか。へっへっへ、今さら取《と》り繕《つくろ》っても遅《おそ》いんだよ。さーて、この女どうしてくれようか」

　下卑《げび》た笑みを浮《う》かべてにじり寄る俺に向け、アリスが興味深そうに言ってくる。

「待て六号、自分は謝罪の踊りが見てみたい。そもそもお前らは何でソーラ・レイ攻撃の前に踊るんだ？　あの踊りで攻撃目標を教えてるのか？」

　そういやコイツら、攻撃する前には必ず踊っていたな。

　アリスが指摘《してき》する通り、空中要塞に座標を教える行動だったり……。

「あれは今からお前ら消し飛ぶぞという、勝利と煽《あお》りの踊りです」

「ラアアアアー!」

蛮族Aのバカな答えに、いつの間にか牢に侵入《しんにゅう》したカチワリちゃんが襲《おそ》い掛《か》かった。

5

ベリアルが帰って来ないまま二日が経った。

集落が焼けた事で住む所を失ったカチワリ族は、捕虜にしたヒイラギ族をこき使い、アジト街の傍《そば》に新たな拠点《きょてん》を築いている。

危うく頭をカチ割られるところだった蛮族Aは謝罪の踊りで赦しを乞《こ》い、その結果カチワリちゃんの手下にされた。

カチワリちゃんに脅《おど》されながら資材を運ぶ蛮族Aをよく見掛《みか》けるが、今のところは概《おおむ》ね問題も無さそうだ。

この二つの蛮族は深い因縁《いんねん》があるみたいだし、このまま任せておくとしよう。

後は、帰って来る気配の無いベリアルをどうやって捜すかなのだが……。

——アリスと二人で悩んでいると、なんかグランド・ドブルという国から使者が来た。

今まで聞いた事もない国からの突然《とつぜん》の使者に、俺は首を傾《かし》げながらも応接室へ招き入れると……。

グランド・ドブルからの使者が部屋に入るなり頭を下げた。

「我が国はキサラギと戦う意志はありません。こちらにはあなた方と国交を結ぶ用意があります。我が国で採れる鉱石は質の良い物が多く、格安でお譲《ゆず》りする事が可能です」

「……そうか。こちらとしては、水精石や工業品が現在の主な輸出品だ。ウチが買い取る鉱石は格安じゃなくても構わない。他より安ければそれでいいよ」

初対面にもかかわらず低姿勢な使者の姿に、アリスは動じる事なく応じてみせる。

一切理由を尋《たず》ねる事なく話を進めるのがコイツらしいが、ちょっとだけ譲歩《じょうほ》している辺り、何があったのかは察したようだ。

というか既《すで》に俺も察した、これってベリアル案件だ。

「ほ、本当ですか！　ありがとうございます、ありがとうございます！　手土産《てみやげ》として稀《き》少《しょう》な鉱石をお持ちしましたのでお納めください！　今回の交渉《こうしょう》につきましては陛下が大変気を揉《も》んでおられますので、私はこれにて！　今後ともよろしくお願いします！」

「………おう、ありがとさん。気を付けて帰ってくれ」

満面の笑みを浮かべ深々と頭を下げる使者に向け、アリスも小さく頭を下げる。

使者が退席した応接室でアリスがぽつりと呟《つぶや》いた。

「……………ベリアル様のお手柄《てがら》だな」

「本当か？　実はちょっと困ってないか？　ベリアル様を呼んだ事、少し後悔《こうかい》してるだろ」

俺が軽く問《と》い詰《つ》めると、アリスはニコリと微笑《ほほえ》みながら。

「さすがは自分の相棒だ、悩みを共有出来て嬉《うれ》しいよ。ベリアル様とは長い付き合いの六号にあの人の事を聞いてもいいか？」

「言ってごらん」

アリスは俺の腕《うで》を摑《つか》むと笑みを浮かべて尋ねてくる。

「魔獣《まじゅう》を追ったベリアル様はこの後何ヶ国を敵に回すと思う？　ちなみに、たった今友好関係を築いたグランド・ドブルは潜在《せんざい》的な敵国にカウントされた。理由は言わなくても分かるよな？　……何だよ相棒、つれないな！　この状況で逃《に》がさねえぞ！」

「放せよ相棒、こんな事になったのもお前の秘密主義が原因だろ!?　もっと普段《ふだん》から俺を信じろよ、そうすりゃこうなる前に止められたのに！」

責任の擦《なす》り付《つ》け合いを始めた俺達は、やがて不毛な時間を費やした事に息を吐《は》く。

「使者があそこまで低姿勢になるなんて、あの人一体何やったんだろうな。俺、怖《こわ》くて聞く事が出来なかったよ」

「知ってるか？　グランド・ドブルってところは、頑強《がんきょう》な古代遺跡《いせき》を改造した要塞《ようさい》都市が自慢《じまん》の国で、どことも関わる事なく独自の道を歩んできた強国だ。そんなところが頭を下げにやって来たんだ、さぞかしとんでもない事を……」

やめろ、それ以上は聞きたくない。

「しかし、グランド・ドブルは元魔族《まぞく》領すら越《こ》えた先にある国のはずなんだが、どうやったらそんな所に迷い込むんだ？　てっきり森で彷徨《さまよ》ってると思ってたんだが……」

「ベリアル様は行動力が凄《すご》いからな。例えばニートが一日一ターンしか行動出来ないと仮定すると、俺達戦闘《せんとう》員は一日五ターン、あの人は一日百ターンぐらい行動出来る。つまり、ニート百人分は働けるって事だ」

「比較《ひかく》対象が悪いせいで凄いのか凄くないのか分かんねえな」

まあ何にしても、森からは抜《ぬ》けられたようで何よりだ。

そこら辺は同じ想いなのか、アリスは幾分《いくぶん》ホッとした表情を浮かべながら。

「おかげで現在地は判明した。何をやらかしたのかは分からねえが、仮にも一国が慌《あわ》てて使者を送るぐらいの事をやったんだ。ベリアル様がグランド・ドブルで体を休めている今のうちに、ピンポイントで捜索隊《そうさく》を送り込めるな」

そんなアリスの呟きを聞いて、俺はこれが失敗フラグになる事を確信した——

【ベリアルが帰って来ないまま三日が経過】

送るのは一瞬《いっしゅん》だけど帰るのは何日も掛かるんだぞと喚くモブ戦闘員を、無理矢理グランド・ドブルに転送したが不発に終わった。

モブに現地で聞き込みをさせたところ、ベリアルは要塞都市に迫《せま》った巨大魔獣《きよだいまじゆう》を要塞の一部ごと消滅《しようめつ》させ、修理費はキサラギに請求《せいきゆう》してくれと言って去って行ったらしい。

「修理費に関しては問題ない。『要塞の一部で済んで良かったですね、ベリアル様が本気出したらこんなもんじゃ済みませんから。ところで修理費お幾《いく》らですか？』と、送り付けた戦闘員が強気に言ったら、払《はら》わなくていいと申し出てきたらしい」

「どうしてウチのヤツらは揃《そろ》いも揃って喧嘩腰《けんかごし》なんだ、もっと大人しく出来ないのかよ」

俺が思わず愚痴《ぐち》を零《こぼ》すと、ベッドに腰《こし》掛《か》けたアリスがなぜか、俺に何かを言いたそうな顔でジッと見てくる。

……と、俺の部屋に向けてドタドタと騒《さわ》がしい足音が近付いてくると、バンとドアが開けられ、慌てた様子のモブ戦闘員が言ってきた。

「おい、北西の凍土《とうど》地帯で高熱反応と震動《しんどう》が確認されたってよ！　これってベリアル様がやったんじゃねえのか⁉」

「嘘《うそ》だろ」

アリスが思わずといった様子で呟くも、気を取り直してモブに命じる。

「凍土地帯って、グランド・ドブルから車を飛ばして三日は掛かるぞ。体一つでどうやってそんな所に行ったんだ。……いや、これで現在地が分かった。今度こそ転送機で……」

ベリアルの行動力に、アリスが自分を納得させるように呟いているが。

「おい六号、賭《か》けようぜ。転送機で捜索隊を送り付けるまでの短い間に、ベリアル様が大人しくその場にいるか」

「もちろん俺は、ベリアル様がジッとしてない方に賭けるよ」

それじゃあ賭けにならねえだろと喧嘩を始めた俺達を、アリスが何か言いたそうな顔でジッと見ていた。


【ベリアルが帰って来ないまま四日が経過】


凍土地帯に新手のモブ戦闘員を転送したが不発に終わった。

モブが現地に到着《とうちゃく》すると、黒焦《くろこ》げになった大量の魔獣の亡骸《なきがら》が残っていたらしい。

辺りを見回しても既にベリアルの姿はなく、どの方角に向かったかも分からないと、転送したモブから無線連絡《れんらく》があった。

何の手掛《てが》かりも得られないとは、これだからモブ戦闘員は……。

もういいから帰って来いと伝えると、車両を呼べるほどの悪行ポイントが無いから迎《むか》えに来てくれと面倒《めんどう》な事を言い出したので無線を切った。

そう、今は戦闘員の救助よりベリアルの捜索が優先される。

とはいえ、何の手掛かりも無い以上、こうしてアジトで待機するしかやる事がない。

モブ戦闘員を送り出したその翌日、俺がカチワリ族の仮設拠点で蛮族Ａの不思議な踊りを眺《なが》めていると……。

《戦闘員六号へ業務連絡！　ベリアル様の仕業と思われる熱源反応が観測された！　現在アジトに滞在《たいざい》中の戦闘員は、お前を除けば後二人だ！　早く転送しなきゃ間に合わねえのに誰《だれ》も無線に出やがらねえ。どっちでもいいから連れてこい！》

救援要請《きゅうえんようせい》が鬱陶《うっとう》しいので、今はアジト街の戦闘員全員が無線を切っている。

おかげで無線が誰にも繋《つな》がらないため、こうして緊急《きんきゅう》アナウンスを使ったのだろう。

ちょっと切れ気味のアリスの声がアジト街へと響《ひび》き渡《わた》った――

【ベリアルが帰って来ないまま五日が経過】

俺の悪行ポイントが少ないのは知ってるだろと、泣いて嫌《いや》がるモブを捕獲《ほかく》し転送したが不発に終わった。

モブが現場に着いた時には、巨大《きょだい》なクレーターを見下ろし震《ふる》え上がっているリザードマンが居たらしい。

モブの聞き込みによると、赤髪《がみ》の女が荒神《あらがみ》に喧嘩を売りこんな事になったのだとか。

何でもクレーターからちょっと離《はな》れた所にリザードマンの集落があるそうで、荒神とやらは彼らに年に一度の生贄《いけにえ》を要求していたのだそうだ。

ゲームとかでよくあるヤツだが、それに興味を示したベリアルがリザードマンに案内を頼《たの》み、その後荒神に遭遇《そうぐう》。

ベリアルを見るなり、『今年の生贄は活きが良さそうだな』といきり立つ荒神に対し、『今日からあたしが荒神やるから、お前今から生贄役な』と言って荒神を葬《ほうむ》った後、どこへともなく立ち去って行ったそうだ。

一部始終を見届けたリザードマン達は、ベリアルを荒神と呼び崇《あが》めており……という報告の辺りで、もう聞かなくていいかなと思い無線を切った。

リザードマンに恩を売れたので良かったが、いい加減ベリアルを捕《つか》まえたい。

それもこれも、モブが散々逃げ回ったおかげで熱源観測から時間が経ち過ぎたせいだ。

——だが今回は大丈夫《だいじょうぶ》。

「おいアリス、なんで次に送られるのが俺なんだよ！　そこに六号も居るんだから、せめてジャンケンで決めさせろよ！」

「うるせー！　俺は最後の切り札みたいなものなんだからお使い任務に就くわけねーだろ！　それに、お前らを転送する度になんか悪行ポイントが増えるんだよ。主力の俺がポイント貯めておかなくてどうすんだ」

俺はワイヤーで拘束《こうそく》されたモブ戦闘員の肩《かた》を、分かるなとばかりにポンと叩《たた》く。

「ふざけんな、あちこちに送られた戦闘員がまだ誰も帰ってないんだぞ！　送るなら最低限の装備ぐらいよこせ！　おいコラ、押すな！」

喚《わめ》くモブを転送機に押し込みながら、俺はふと気が付いた。

「なあアリス、ベリアル様の反応を感知してから送ったんじゃ遅《おそ》いと思うんだ。ここは次の爆発《ばくはつ》ポイントを予測して、先行して送っちまおう」

「お前さんにしては賢《かしこ》いな。いい案だ、それでいこう」

「いくんじゃねえよ！　六号はともかく、アリスはもっとよく考えろ！」

よく分からない事を言い出したモブを尻目《しりめ》に、俺とアリスは地図を広げて次の爆発ポイントを予測する。

アリスが真剣《しんけん》に何かを考える中、俺は鉛筆《えんぴつ》を地図上に置いてそれを倒《たお》した。

「俺の予想はここだ。最古参戦闘《せんとう》員の勘《かん》だ、多分きっと間違《まちが》いない」

「自分はこっちの自治都市周辺だと思うんだが、戦闘員の勘ならそっちを選ぶか」

「バカ野郎《やろう》、鉛筆倒《たお》しで行き先決めんな！　自治都市！　自治都市でお願いします！」

贅沢《ぜいたく》を言うモブに最低限の装備としてカロリーゼットと水を持たせる。

「俺なんてサイコロの出た目でこの星への派遣《はけん》戦闘員に選ばれたんだぞ！　ワガママ言ってないで行ってこい！」

「おい待て、せめて俺を縛《しば》ってるワイヤーを」

モブに最後まで言わせる事なく、転送機のボタンを押して悪行ポイント加算のアナウンスを聞いていると、熱源を探知する観測モニターに光が灯った。

その光は自治都市周辺に灯っており、つまりそれが意味するのは……。

「戦闘員の勘だってたまには外れる事もあるさ。ドンマイ、次は上手くやろう」

「おいアリス。お前、適当に送り出すのがちょっと楽しくなってきてないか」


【ベリアルが帰って来ないまま六日が経過】

「昨日適当に送り出した戦闘員が自力で自治都市に着いたそうだ。せっかくだし、ベリアル様の事を説明しつつ国交を結ばせる交渉《こうしょう》をさせている」

「なら、結果的に大戦果だな。アイツもちゃんと働いてるじゃないか」

転送機が置かれた部屋で、俺とアリスは頷《うなず》き合うと。

「というわけで、とうとう転送する戦闘員が尽《つ》きたわけだが……」

「大丈夫だ、戦闘員より弱いお前さん達はちゃんとセットで送るからな」

そんな俺達の視線の先では、ワイヤーで縛られたスノウとハイネが転がされていた。

「お前達は何を言っている！　待て、アジト街から戦闘員の姿が消えたのは……」

「待ちなよ、あたい達二人で知らない土地に送られたら、生きて帰れるわけがないだろ！」

縛られたままギャンギャン喚く二人だが、コイツらにはちゃんと物資も用意してある。

「水と食べ物、テントに無線。地図とマッチにコンパス……と。他に忘れ物は無いかな？」

「これだけあれば十分だ。与《あた》え過ぎてもサバイバル訓練にならねえからな」

……サバイバル訓練？

「待て、訓練とは何の話だ！　私はグレイス王国一の騎士《きし》だ、そんな物は必要ないぞ！」

「あたいだって元は魔王《まおう》軍の幹部だよ！　こんな事に何の意味があるのさ！」

食《く》って掛《か》かる二人に向けて、アリスがやれやれと首を振《ふ》る。

「ここ最近は皆《みんな》平和ボケしていたからな。魔獣《まじゅう》なんかに後《おく》れを取った戦闘員《せんとう》に、この星がいかに人類にとって過酷《かこく》なのかを思い出させてやるんだよ」

「それなら私は無関係だろう！　私は騎士だが、どちらかと言えば頭脳系だ！」

「そ、それならあたいも頭脳系……う、うう……」

「お前ら二人の脳みそは俺とあんまり変わらないだろ」

この二人はともかくとして、アリスはただ転送を楽しんでいたわけじゃなかったのか。

確かに過酷なこの星はサバイバル訓練には持ってこいだし、さすが本物の頭脳系……、

「よし、お前らの転送先はドラゴンが生息すると言われるミドガルズ山脈にするとしよう。ドラゴンと言えば火属性。炎《ほのお》使いのハイネは仲間が多くて嬉《うれ》しいだろ」

「待て、ミドガルズ山脈は距離《きより》が離れ過ぎている！　訓練では済まないだろう！」

「属性が同じでも、ドラゴンに仲間意識なんて持ってないぞ！　ちょっ、待……」

……と、俺が感心している間にアリスが転送ボタンを押していた。

「とは言っても、ミドガルズ山脈に住むドラゴンは上位種しかいないらしい。そういったヤツは賢いから、わざわざ人を襲《おそ》わないそうだし大丈夫だろう。そろそろ最初に送り出した戦闘員が帰って来る頃《ころ》だ、今度はどこに送ろうか」

「お前、やっぱ今の状況《じようきよう》楽しんでるだろ」

【そして……】

ここしばらく従属を申し出てくる国や都市が止まらなかったのだが、昨日は珍《めずら》しくベリアルの反応が無かった。

その代わりに今日は、グルネイドから使者が来た。

そう、二足歩行する猫《ねこ》型魔獣に国宝の魔導石《まどうせき》を奪《うば》われた、あのグルネイドだ。

「トラ男さんと俺達の関係がバレたのかな？　これって戦争になるヤツか」

「いや、疑ってはいるかもしれんが、決定的な証拠《しょうこ》は無いはずだ。それならまだやりようはある。ほら、法制機関ヒイラギが猫型魔獣を飼ってると教えてやったろ？　それで、詳《くわ》しい話を聞きに来ただけの可能性もある」

まずは相手の出方を見て、逆ギレするか素直に謝る。

俺とアリスはそんな打ち合わせをして、使者を応接室へ招き入れると――

幕間②　――彼と出会った最初の記憶――

「もう一度聞こうか。その男が何て言ったって？」

ぼうっとする頭で、こちらを覗《のぞ》き込むリリスに答えを返す。

アルバイトとして入ってきたその新入りの男の子は、初対面で私に『ゆかりさんおっぱい凄《すご》いですね、何食ったらそうなるんですか？』と……。

「これはいきなりマイナス点」

少女はそう言いながら手帳に何かを書き付ける。

「ええと、それから？　その男の子は他に何か言っていたかい？」

その言葉に従って記憶《きおく》を少しだけ進めると……。

確か……『俺、おっぱい星から来たおっぱい星人の王子なんですけど、定期的に頭におっぱい乗せないと死ぬんです。なので助けてもらっていいですか？』と……。

「うーん、これは大量マイナス点」

……そうだった、何かと大きいこの胸は、子供の頃からのコンプレックスだった。

昔から同学年の男子に体の事でからかわれ、色々と意地悪された。

その事を新入りの男の子に話した時は、『気になる子に意地悪したがるクソガキ特有のヤツですよ。つまりそいつはゆかりさんの事が好きだったんです』なんて、あり得ない事を言われて慰《なぐさ》められたものだけど……。

「これ以上アイツの悪行を聞いてると減給処分を下さなきゃならなくなる。でも、キミの記憶を呼《よ》び戻《もど》す際に、一番反応が良いのもアイツの話なんだよなあ……」

……………そうだった、何かと大きいこの体も、子供の頃からのコンプレックスだった。

それで、出来るだけ小さく見えるようにと、いつも背中を丸めていて……。

「質問を続けるよ。その男の子に言われた事で、一番記憶にある言葉はなんだい？」

……一番記憶にある言葉。

あの男の子は、いつも猫背《ねこぜ》な私に明るい顔で言ったのだ。

私の背中をバンと叩いて無理矢理背筋を伸《の》ばさせると、私を見上げて言ったのだ。

『ゆかりさんはもっと胸を張るべきだと思います。じゃないと勿体《もったい》ないですよ？』と。

——そして、続けてこう言ったのだ。

「せっかく良い物持ってるんだから、もっと胸張って爆乳《ばくにゅう》アピールしていきましょう。そうすればヒーローなんてイチコロですよ……」

「はいギルティ————！」

三章　VSトラ男！

1

グルネイドからの使者を帰らせた、その翌日。

「嫌《いや》です嫌です嫌ですよー！　ドラゴン戦での怪我《けが》が治ったばかりなのに、あたしグルネイドなんて絶対行きませんからね！」

アジト内の会議室で、病み上がりのキメラ二人に行き先を教えたらこうなった。

「おい見習い戦闘員、キサラギでは上司の命令は絶対だ！　駄々《だだ》こねたって逃《に》がさねえぞ、もういい加減諦《あきら》めろ！」

「そんなの嘘《うそ》です！　だって隊長、いつもバイパーさんの言う事をちっとも聞いてないじゃないですか！」

いつになく激しい抵抗《ていこう》を見せるロゼだが、残念な事に今は人手が足りないのだ。

「俺は悪の組織に染まった男だから命令違反《いはん》したって良いんだよ。それにバイパーちゃんは上司ってイメージが湧《わ》かないし」

「じゃ、じゃあ、あたしも悪に染まった女です！　昨日なんて、カチワリさんのおやつを強奪《ごうだつ》してやりましたから！」

昨日コイツはカチワリちゃんに追い掛けられていたのだが、そんな事しやがったのか。

と、そんな俺達のやり取りに警戒《けいかい》を露《あら》わにしたラッセルが。

「ねえ、せめてボク達二人が怪我してる間、何があったのかを教えてくれない？」

「そうですよ！　グルネイドってあれですよね、トラ男さんがやらかした国ですよね！　そんな所から使者が来て、これからそこに向かうって事は……！」

何かを勘違《かんちが》いしているロゼに、アリスがふっと笑い掛けた。

「それが、昨日グルネイドの使者が来てな。ウチが魔王軍を撃破《げきは》した事を知って、戦闘員の派遣《はけん》を頼《たの》んできたんだ」

現在俺達は周辺国に、グレイス王国に雇《やと》われた傭兵《ようへい》集団みたいに思われている。

戦闘員の派遣業は俺達にとっても望むところだし、二つ返事で引き受けたのだ。

「……グルネイドってちゃんとした軍隊も持っている国なんですよね？　それが、何でわざわざウチにそんな事頼むんですか？」

ここのところ小学生低学年レベルの教育を施《ほどこ》されたおかげか、ロゼが余計な知恵《ちえ》を付け始めた気がする。

ロゼを安心させるためか、アンドロイドのクセにアリスがにこやかな笑みを浮《う》かべ。

「実は、グルネイドの国宝を奪った猫型魔獣が森に逃げ込んだらしいんだが、こいつが森での戦闘に滅法《めっぽう》強くてな。そこで、森の開拓《かいたく》に成功したウチに協力を求めに来たのさ」

「……なるほど、トラ男さんが奪った魔導石を私達が取り返してきたように見せかけて、依頼料《いらい》をせしめるって事ですね？　前々から思ってたんですが、隊長達ってマッチポンプが好きですよね」

突っ込《こ》みを入れてくるロゼに向け、俺は悲しみに満ちた顔で訴《うった》える。

「ロゼ……。お前、出会った頃はもっと真っ直ぐで仲間想いで、小さな体のクセに勇敢《ゆうかん》なヤツだったのに変わっちまったな。そりゃあ俺達だって、魔導石強奪犯はトラ男さんだって思ったさ。でも、まだあの人の犯行だって決まったわけじゃないんだ。可能性は低くても、俺とアリスは仲間を信じるよ」

「さすがだ六号、よく言った。そうだ、キサラギは悪の組織だが仲間だけは大事にするんだ。自分達だけでも信じてやらなくてどうするんだ」

「あまり頭の良くないあたしですが、さすがにそんな小芝居《こしばい》には騙《だま》されませんよ？　ていうか、トラ男さんを説得して魔導石を返して貰《もら》えば済む話じゃないですか。なら、別に私達が行く必要無くないですか？」

疑いの目を向けてくるロゼの言葉にもう開き直る事にした。

「そうだよ、トラ男さんから魔導石を貰って、グルネイドに恩に着せるつもりだよ。こんな美味《おい》しい依頼が他にあるか。国からの依頼なだけあって報酬《ほうしゅう》がスゲえんだぞ」

「おう、お前らを連れて行くのは、トラ男が魔導石を返したくないってごねた時の生贄《いけにえ》要員だ。あいつはロリっ子に弱いからな」

アッサリ認めた俺達に、ロゼとラッセルが食って掛かる。

「生贄要員って何ですか、あたし一体何させられるんですか！」

「そんな理由なら行かないよ！　ロリっ子が必要ならアリス一人で十分じゃないか！」

トラ男はあれで面倒臭《めんどうくさ》いのだ。

アリスに好意的ではあるものの、生身のロリではないので無条件で言う事を聞くわけではない。

「アリス、もうコイツらは取り押さえて送っちまおう。鋼鉄ワイヤーを取り寄せてくれ」

「そうだな、そっちの方が早そうだ。自分はバイパーを呼んでくるから、それまでに二人を縛《しば》り上げといてくれ」

ワイヤーを取り寄せたアリスが出て行くと、残されたキメラ二人がいきり立つ。

「力ずくなんて最低ですよ！　な、何ですか、やるんですか⁉　こっちは二人居るんですから、隊長には負けませんよ！」

「戦闘《せんとう》キメラも舐《な》められたもんだね。真正面から遣《や》り合って人間ごときが勝てるとでも？」

俺はワイヤーを手にしながら、対キメラ用アイテムを目の前にポンと放り投げた。

「ロゼが前から食べたがってた地球産の高級おやつだ。ちなみに一人分しか無いからな」

「とうっ！」

目の色を変えたロゼが、俺が投げたチューブ状のおやつに飛び付く。

「ちょっと同族何やってるの！　そんなのは後にして、今はコイツを倒《たお》そうよ！」

「ロゼ、そいつは今俺が言った通り一人分しか無い。ラッセルと共闘《きょうとう》して俺に勝っても、その後はおやつの取り合いになる。この意味がお前に分かるか？」

おやつをしっかりと握《にぎ》り締《し》めたロゼは、ラッセルに警戒の視線を向けた。

「ど、同族？　ボクはおやつなんて要らないし警戒する必要無いからね？」

ラッセルは困惑《こんわく》しながらロゼの説得を試みるも、俺は被《かぶ》せるように追撃《ついげき》した。

「なあロゼ、俺と激戦を繰《く》り広《ひろ》げて消耗《しょうもう》した後、一人分しかないおやつを盗《と》られない保証がどこにある？　そう、ラッセルが言う通り、ソイツはお前の同族なんだぞ？　同じキメラ仲間として、おやつなんて要らないって言葉を信用出来るか？」

ロゼはハッとした表情を浮かべながらラッセルから距離《きょり》を取る。

「信用……出来ません……。戦闘キメラがこの星では手に入らない高級おやつを諦めるだなんて、そんな事あり得ないと思います……」

「あり得るよ！　ていうかキミ、前から思ってたけど戦闘キメラの評判を落とさないでくれる⁉　ボクはキミみたいに食い意地張ってないからね！」

警戒を露わにしたロゼにラッセルは必死に訴え掛《か》ける。

ワイヤーを片手に構え、俺はラッセルの背後に回り込むと。

「ちなみに、その高級おやつ『テュール』は人用のおやつじゃないから俺は食べない。つまり俺と共闘してラッセルを倒したら、確実にテュールは残る。さあ選べ！　元魔王《まおう》軍幹部の女装キメラか、長い間一緒《いっしょ》に戦ってきた仲間の俺か！」

「キサラギは悪の組織ですが、仲間だけは大事にするんですよね？　どちらを選ぶかなんて決まってます。あたしは秘密結社キサラギの見習い社員、戦闘キメラのロゼですから！」

「お前絶対同族じゃないだろ！　キメラはこんなにバカじゃない！」

半泣きで叫《さけ》ぶラッセルに、俺達は同時に襲《おそ》い掛かった――！

――俺が転送機の前で待ってると、アリスとバイパーがやって来た。

「おう六号、ご苦労さん。既《すで》に準備は出来てるみたいだな」

「こっちはいつでもOKだ。それじゃあバイパーちゃん、アジト街の防衛と転送機の操作をよろしくね」

転送機のポッドの中では、猿《さる》ぐつわを噛《か》まされワイヤーで縛られたキメラ二人が何かを訴え掛けるように呻《うめ》いている。

本来であればバイパーも連れて行きたいとこなのだが、現在アジト街は深刻な戦闘員不足に陥《おちい》っているため、いざという時の備えが必要なのだ。

悪行ポイントが稼《かせ》げるからと、あいつらをポンポン送るべきじゃなかったか。

と、アリスから転送機の操作を教わっていたバイパーが、改めて俺達に向き直る。

「六号さん。グルネイドでは現在、急な国王の崩御《ほうぎょ》により王位争奪《そうだつ》戦が起きています。どうか、巻き込まれないようお気を付けを……」

不安気なバイパーが、そんなフラグになりそうな事を言ってくるが……。

「大丈夫《だいじょうぶ》だよバイパーちゃん、ぶっちゃけこれは出来レースだから。そういうのは全部スルーして、早めに仕事終わらせて国を出るよ。だから安心してお土産《みやげ》期待して待っててね」

「ああ、自分が目を光らせておくから問題ない。アジト街の留守は任せたぞ」

俺とアリスはそう言って、未だ不安そうなバイパーに見守られながら。

「むーむ！　むーっ！」

「ふぁいふぁー！　ふぁいふぁー、たふへへえ！」

グルネイドへ向かうべく、転送ポッドへと踏《ふ》み込んだ――！

2

「おいアリス、アレってドラゴンの子供か？　この国の連中は物騒《ぶっそう》なの飼ってるな」

「翼《つばさ》も無いし、ドラゴンってよりトカゲだな。グルネイドはドラゴン信仰《しんこう》が盛んだそうだから、似た生き物も崇《あが》めてるんだろ」

グルネイドに転送された俺達は、拠点《きょてん》となる宿を取ってロゼとラッセルを部屋に放り込むと、この国を偵察《ていさつ》するため街に繰り出《だ》していた。

街中ではコモドドラゴンみたいなトカゲが闊歩《かっぽ》しており、果物屋の店主が寄ってきたトカゲに売り物を投げ与《あた》えている。

山脈の麓《ふもと》にある国だけあって水資源に余裕《よゆう》があるのか、荒野《こうや》に佇《たたず》むグレイス王国より随《ずい》分《ぶん》と栄えていた。

街から見えるミドガルズ山脈には木が生えている様子が無いが、伐採《ばっさい》し尽《つ》くしてしまったのだろうか。

建築物や服装なんかはグレイス王国やトリスとあまり変わりはない。

行き交う人々を観察しながら、アリスが日本語で話し掛けてくる。

『グレイス王国より人が多いな。それに、戦争をしていないおかげで男も多い。街も巨大《きょだい》な城壁《じょうへき》で覆《おお》われているし、この国を侵略《しんりゃく》するのは大変そうだ』

『だから魔王軍もグレイス王国を狙《ねら》ったのか。まあ、あっちの方が距離的《きょりてき》にも近いしな』

日本語でやり取りする俺達を住人達が気にも留めない事から、他国の商人との交易も盛んに行われているのだろう。

あちこちの商店を覗《のぞ》いていたアリスは、小さく首を傾《かし》げると。

『この国は山が近いのに鉱物を扱《あつか》っている店が少ないな。山脈には何らかの資源が眠《ねむ》っているもんだが、もう掘《ほ》り尽くしちまったのか？　でなきゃこんな所に街を作ろうなんて考えないだろうに』

『この国にも、何かのアーティファクトがあるんじゃないか？　グレイス王国も、雨を降らせるアーティファクトを動かせないからあそこに街が出来たらしいぞ』

この星の国々は古代遺跡《いせき》やアーティファクトの近くに作られる傾向《けいこう》がある。

なので、グルネイドにもそういった物があってもおかしくない。

『アーティファクトには興味があるな。魔導石《まどうせき》とやらも色々と調べてるんだが、分かんねえ事が多過ぎる。仕事が早く終わったら色々と調査したいな』

『フラグを立てるわけじゃないけど今回の仕事は楽勝だ。行方《ゆくえ》不明のベリアル様の事もあるし、チョロい仕事を終わらせようぜ――！』


――依頼主の話を聞き終えた俺は、もう一度尋《たず》ね返した。

「すんません、もう一度言ってもらっていいですか？」

ここはグルネイド城内の応接室。

偵察という名の観光を終えた俺達は、チョロい仕事を済ませるべく王城に来たのだが。

「依頼内容は、森に潜伏《せんぷく》している猫《ねこ》型魔獣《まじゅう》から国宝を奪還《だっかん》する事です。魔獣の生死は問いませんが、これを討伐《とうばつ》出来れば別途《べっと》報酬《ほうしゅう》を支払《しはら》います」

そう言って俺に再び説明するのは、執事《しつじ》風の中年男性だった。

その隣《となり》でこちらを値踏《ねぶ》みするように見ている二十代前半のお姉さんは、この国の第一王女、クリストファー・リディア・グルネイドさん。

長い金髪《きんぱつ》と気の強そうな碧眼《へきがん》を持つ、いかにも施政者《しせい》といった感じの人だ。

うん、別にここまではいい。

猫型魔獣の生死は問わずというのも、トラ男と戦う気は無いのだから都合がいい。

俺達が問題にしているのは……。

「国宝を奪《うば》い、幼い第二王女を攫《さら》った猫型魔獣は森に入った者を襲撃《しゅうげき》し続けております。我が国の騎士《きし》は森林戦には慣れておらず、恥《はじ》を忍《しの》んでキサラギの皆様《みなさま》に依頼《いらい》したのです」

トラ男が越《こ》えてはいけない一線をぶっちぎった瞬間《しゅんかん》である。


あの人とうとうやりやがった。

普通《ふつう》は冤罪《えんざい》を疑うとこだが、『幼い』第二王女という時点で一切の擁護《ようご》が出来ない。

と、動揺《どうよう》を隠《かく》し切れない俺の隣で、完璧《かんぺき》な営業スマイルを浮《う》かべてアリスが言った。

「分かりました、お引き受け致《いた》しましょう。その猫型魔獣は何があっても駆除《くじょ》します」

「えっ？　いえ、猫型魔獣はあくまでついでで……お、お願い致します」

そうだな、子供に手を出す輩《やから》はキサラギでは死刑《しけい》だからな。

完全にやる気のアリスの言葉に執事が気圧され頷《うなず》くと、それまでこちらを観察していた王女が口を開いた。

「そちらの方はどうやら納得がいかないみたいね」

「……。……？　……えっ、俺の事？」

急に話を振《ふ》られて戸惑《とまど》う俺に、微笑《びしょう》を湛《たた》えながら冷たい視線を向ける王女様は。

「誤魔化《ごまか》さなくても貴方《あなた》の言いたい事は分かっているわ。攫われた第二王女の奪還に触《ふ》れていないのが気になるのね？」

俺の仲間がガチの性犯罪者になった事で動揺していただけなんですが。

……と、俺が言葉を選んでいると王女は自嘲《じちょう》気味な笑みを浮かべる。

「今、この国に何が起きているのかは知っているでしょう？　父上が急に身罷《みまか》られた事で、第一王女の私の派閥《はばつ》と、第一王子である弟の派閥で王位を巡《めぐ》り争っている事を」

すいません、知らないです。

無言でいる事を肯定《こうてい》と受け取ったのか、王女様は酷薄《こくはく》な微笑を浮かべ言い放つ。

「国宝の管理を任されていたのは私なの。この国は、かの魔導石が無ければ立ち行かないわ。継承《けいしょう》順位第一位の長女が国宝を奪われる失態を犯し、対抗馬《たいこうば》の弟がそれを取り返したなら、王座は誰《だれ》の物になるのかしらね？　つまり……この事件の黒幕は弟よ」

すいません、多分違《ちが》うと思います。

「甘いところがある弟にしては良く考えたものだと思うわ。私を追い落とした上で国宝を、取《と》り戻《もど》したと喧伝《けんでん》すれば、王位を得られるのは間違《まちが》いないわね。妹を攫ったのも、第三位の継承権を持っているから念には念を入れたのよ。あの子は妹を傷付けるような真似はしないと思っていたのに……」

妹さんは傷一つなく大事に保護されていると思います。

「そもそも魔導石なんて食べられもしない物を、しかも厳重に警備されている場所に潜《もぐ》り込んでまで魔獣が奪いに来る理由が無いわ。それに、もっと食べ応えのある人間がいたはずなのに、なぜ幼い妹を攫ったのかしら？　弟が魔獣をけしかけたのでなければ、事件の説明が付かないのよ」

すいません、俺達なら全部説明出来ます。

「とはいえ、弟がどうやって魔獣を手懐《てなず》けたのかその方法が分からなかった。これでは糾弾《きゅうだん》すら出来ないわ。……でも、そこにこんな物が送られてきたの」

王女が目配せすると、執事が胸元から手紙を取り出し、テーブルの上にスッと置いた。

「これはグレイス王国から送られてきた手紙です。トリス王国を乗っ取った法制機関ヒイラギを名乗る者達が、グレイス王国に対し猫型魔獣をけしかけたと書かれております」

「ええ、あの時は大変でした。アイツら突然《とつぜん》グレイス王国にやって来て、街で問題起こして回ったんですよ」

「おう、しかもバイパーってウチの幹部が連中に大怪我《おおけが》負わされたからな」

俺とアリスの相槌《あいづち》に、王女はやはりと言うように顔色を悪くすると。

「実は今、その法制機関ヒイラギという組織の人間が、この国に来ているのよ――」

3

――グルネイド城の会議室の前に立った俺とアリスは、ドアを蹴破《けやぶ》り押し入った。

「オラッ、アデリー出て来い！　てめーこんな所で何やってんだ！」

「ブッッ!?」

会議室に乗り込むと、お茶を飲んでいたらしいアデリーが口の中の物を噴《ふ》き出した。

部屋の中では、アデリーと何かを相談していた銀髪《ぎんぱつ》の青年が驚《おどろ》き固まっており、突然の乱入者に警護の騎士が剣《けん》の柄《つか》に手を掛《か》けていた。

「ロクゴー!?　あ、貴方がどうしてここに居るの!?」

口元のお茶をハンカチで拭《ぬぐ》いながらアデリーが立ち上がる。

「俺達は戦闘員《せんとう》なんだから、そりゃあもちろん決まってるだろ。猫型魔獣に奪われた国宝を取り返すため、戦闘員の派遣依頼《はけんいらい》を請《う》けたんだよ」

「お前さんこそ、こんな所で何してるんだ。トリスに続いてこの国も乗っ取るつもりか？　王女様から聞いたが、色々と黒い噂《うわさ》が流れているな」

いきなり現れ難癖《なんくせ》を付け始めた俺達に、アデリーが慌《あわ》てて言ってきた。

「ち、違うわ！　猫型魔獣が魔導石を強奪《ごうだつ》した事件がなぜかウチのせいにされそうだったから、無実を証明するためにここに来たの！」

「そ、そうだ！　我々が使者を送った事でグルネイドの窮状《きゅうじょう》を知ったアーデルハイト殿《どの》は、わざわざ国宝奪還のために駆《か》け付けてくれたのだ！　姉のリディアは、なぜか私が黒幕だと疑っているが断じてそんな事はしていない！」

アデリーの釈明《しゃくめい》に追従するのは先ほど何かを相談していた様子の青年だ。

おそらくはこの人がリディアの弟なのだろう。

「でも王子様、そいつグレイス王国で散々悪事を働きましたよ。正義の味方を名乗って他人の国で勝手に取り締《し》まりを始めたり。そいつが猫型魔獣を逃《に》がしたせいで、ウチの善良な女上司が大怪我負ったり」

「おう、それにこの国の第二王女が攫われたそうだが、この女は年端《としは》もいかない少年を連れ去ろうとした前科があるぞ」

俺達の言い掛《が》かりに王子が不安気な顔でアデリーを見上げ、

「……ア、アーデルハイト殿？」

「ちちちち、違《ちが》……！　違わないけど違うんです！　彼らの言ってる事は本当ですが、それらの件については深い事情が！」

コイツが無実である事は誰よりも俺達が知っているが。

「おう、何かとやらかしが多いアデリーさんよぉ！　王子様の派閥とやたら仲がいいみたいだが、それって内政干渉《ないせいかんしょう》って言うんだぞ！」

「気を付けろよ王子さん、コイツらはトリス王国を乗っ取った前科がある。お前さんを王座に就けたら、助けた事を恩に着せて何要求されるか分からねえぞ」

「…………………」

「待ってくださいマディア王子、お願い黙《だま》り込まないで！　そもそも我が機関に猫型魔獣について使者を送ったのは貴方じゃないですか！　私達は使者が来るまで、そんな騒《さわ》ぎがあった事も知らなかったんですよ!?　嘘《うそ》発見水晶《すいしょう》を使ってくれても構いませんから！」

アデリーの説得にマディアと呼ばれた王子が我に返った。

「そ、そうであった。確かにアーデルハイト殿と面会した使者の話では、まさに寝耳《ねみみ》に水《みず》といった反応だったと……」

「口では何とでも言えるからな。嘘発見器《はっけんき》の精度なんて高が知れているし、誤魔化しようは幾《いく》らでもあるもんさ」

混ぜっ返すアリスに向けて、アデリーが何かを取り出しテーブルに載《の》せた。

「法制機関ヒイラギの水晶シリーズ第二弾《だいにだん》、真実判別水晶よ！」

アデリーが取り出した水晶玉を、俺は指で突《つつ》いて転がすと。

「俺、こういうの知ってる。嘘を吐《つ》くとチンチン鳴る魔道具みたいなのを何かで見たぞ」

「説明するから話を聞いて！　これはカルマ測定水晶と原理は同じよ。その言葉が真実でなければ水晶玉は黒く濁《にご》るわ。まずは私が試してみるから、貴方達は嘘を言ってみて！」

王子に信じて貰《もら》うためなのか、いつになく必死なアデリーが水晶玉に手を置いて。

「信じてくださいマディア王子、私達は国宝を奪った魔獣とは何の関わりもありません。そして私は、本当に無実である事を証明するためこの国に来たのです！」

アデリーが王子様を真っ直ぐ見据《みす》え堂々と宣言すると、水晶玉が白く輝《かがや》いた。

「アーデルハイト殿……。もう十分だ、私は貴方を信用しよう。ええと、忠告に来てくれたキミ達には申し訳ないのだが」

王子様が言い終わる前に俺とアリスは水晶玉に手を置くと、

「実は俺、遠い星からこの世界を侵略《しんりゃく》にやって来た改造人間なんだ」

「自分は人の手で造られたゴーレムみたいな存在で、そもそも人間ですらない。深刻なダメージを受けると自爆《じばく》して、辺り一面を焦土《しょうど》と化すから気を付けろ」

突拍子《とつぴょうし》も無《な》いその言葉に、だが水晶玉は輝きを放ち続けて。

「……あ、あなた達……まさかそれは、嘘ではなくて……」

それを見たアデリーと王子がゴクリと唾《つば》を飲み込む中、

「人類の命運を賭《か》けた重要任務のはずなのに、超安月給《ちょうやすげっきゅう》でこき使われながら平社員やってます。そんな俺の得意技は、鼻に詰《つ》めたピーナッツを狙《ねら》った所に飛ばす事な」

「自分の特技は八十兆桁《けた》の円周率を一分以内に算出する事だ。この星を侵略に来たメンバーには、お姫様の部屋でうんこしようとしたり、スパイとして送り出せば敵地司令官の風《ふ》呂《ろ》に勝手に入って寛《くつろ》いだりするヤツが居て……」

「アーデルハイト殿、この水晶は壊《こわ》れてますよ」

「ち、違うんです、多分彼らが本当の事を……そんな訳ないですよね、すいません！」

水晶玉の性能に疑いが持たれた事で、アデリーが泣きそうな顔で訴《うった》えた。

王子から不審《ふしん》の目を向けられたアデリーは、俺達に縋《すが》るような目を向けてくる。

そんな姿にほだされたのか、アリスが仕方なさそうに口を開いた。

「おいアデリー、自分の国には正義は勝つという言葉がある。お前さんは常々正義正義と喚《わめ》いているが、本当に正義の味方なら自分達に勝ってみせろ。猫《ねこ》型魔獣《まじゅう》から国宝を奪還《だっかん》した方が勝者であり正義って事だ。分かりやすくていいだろう？」

「……なるほど、正義の名を賭けて勝負するって事ね。いいわ、凄《すご》くいい！」

少年漫画《まんが》に良くある勝負事だが、どうもアデリーの琴線《きんせん》に触れたらしい。

「そして貴方達が勝負に勝った場合の条件とかがあるんでしょう？　私が簡単に呑《の》めないような、いやらしい要求をしてみたり……！」

と、自らの身を抱《だ》き締め後退《しさ》るアデリーに。

「それじゃあ……自分達が勝った暁《あかつき》には、お前さんを悪と認定し処刑《しょけい》でいいか？」

「良いわけないでしょう⁉　もうちょっと手加減しなさいよ！」

主人公に無茶な勝負を吹《ふ》っ掛ける、悪役キャラみたいなセリフをアリスが吐いた——

4

宿に帰った俺達は、未だ縛《しば》られたまま転がされているキメラ二人に経緯《けいい》を説明。

「——というわけで事情が変わった。討伐《とうばつ》対象は元秘密結社キサラギ幹部、ロリコン怪人《かいじん》トラ男だ。手段は問わない、必ずコイツを抹殺《まっさつ》しろ」

「アリスさんすいません、何を言ってるのか分かりません」

「えっと……アイツ、本当にそんな大それた事したの？　何か事情があるんじゃないの？」

説明を聞いたキメラ二人は困惑《こんわく》の表情を浮《う》かべるが。

「キサラギでは子供に手を出した時点で処刑だからな。お前らはトラ男に懐《なつ》いているみたいだが、アイツがどういうヤツかは分かってるだろ？」

「俺はトラ男さんならいつかやると思ってた。こないだキサラギの顧問《こもん》弁護士に、他の惑《わく》星《せい》内で行われた犯罪に地球の法は適用されるのかを真剣《しんけん》に相談していたからな」

そんな俺達の説得に、トラ男の魔《ま》の手《て》により、すっかり餌付《えづ》けが済んだ二人が言った。

「キミ達はトラ男の仲間じゃなかったの？　もうちょっと信じてあげなよ。話し合いじゃ解決出来ないの？」

「そうですよ、あれでトラ男さんは子供に対しては紳士《しんし》ですよ？　それにあたし達じゃ、トラ男さんと戦ってもまるで相手になりません。ラッセルさんの言う通り、まずは話を聞きましょうよ」

相手は怪人最強と呼ばれるトラ男、この二人の協力がなければ俺達だけでは分が悪い。

俺とアリスはアイコンタクトを交わし頷《うなず》き合うと……。

「お前らがそこまで言うなら仕方がねえな。トラ男にも何らかの事情があったと考慮《こうりょ》して、まずは話をする方向で行くか」

「まったく、お前らのワガママを聞くのも今回だけだぞ？」

やれやれと肩《かた》を竦《すく》める俺達に、ロゼとラッセルが笑顔を見せた――

『――潜伏《せんぷく》中の性犯罪者、怪人トラ男に告ぐ！　大人しく出て来ればアレな注射で苦しまずに処刑してやる！　出てこないなら、制裁部隊に引き渡《わた》した上で処刑してやる！』

グルネイド近くに広がる森に向け、アリスが拡声器を使い日本語で呼《よ》び掛ける事一時間。

耳の良いトラ男なら聞こえているはずなのだが……。

「おいアリス、ちっとも出て来る気配が無いぞ。そろそろプランBに移行しよう」

「そうだな、トラ男は話し合いに応じるつもりはなさそうだ。もうやれるだけの事はやった、ロゼとラッセルとの約束はこれで十分果たしただろう」

「お二人はひょっとして、今のを話し合いって言い張るつもりなんですか？」

俺達の説得に応じない以上、ここからは強硬手段だ。

「というわけでラッセルには、これからしっかり働いて貰うぞ」

「ふむー！　んーっ！　んー！」

先ほどからずっと縛られたままのラッセルが、猿《さる》ぐつわ越《ご》しに何かを喚くが。

「トラ男さんの弱点はロリだからな。まずは話をするっていうお前らの頼《たの》みは受け入れたんだ。今度は俺達の頼みを聞いてもらうぞ」

「大丈夫《だいじょうぶ》だ安心しろ、アイツならきっと来る。プランBなら間違《まちが》いない」

「ふぁんなのは、はなしあいりゃないよ！」

ラッセルが何かを訴え首を振《ふ》る中、アリスが再び拡声器へと呼び掛けた。

『潜伏中のトラ男に告ぐ！　我々は現在ロリキメラを確保している！　このまま出て来ないのならラッセルは、お触《さわ》り自由のメイド喫茶《きっさ》で働かされる事になるぞ！』

《悪行ポイントが加算されます》

アリスの横で悪行ポイント加算のアナウンスにホクホクしてると、ロゼが軽く引き気味の表情で言ってくる。

「アリスさんが何を言っているのか分かりませんが、多分ろくでもない事なんでしょうね」

「さっき、ラッセルにはこれからしっかり働いて貰うって言っただろ？　ラッセルを喫茶店で働かせるだけだよ。トラ男さんは、怪人クマ女さん並に獲物《えもの》への執着《しゅうちゃく》が凄いから……」

と、その時だった。

俺達の足下目掛《めが》け、突然《とつぜん》何かが投げ込まれ――

目を瞑《つぶ》りながらアリスを抱《かか》えて横に飛ぶと、轟音《ごうおん》と共に閃光《せんこう》が奔った。

「ぎゃー！　目がー！」

ロゼが何かを叫《さけ》びながら両手で顔を覆《おお》って転がり回るが、スタングレネードによる耳鳴りで言ってる事を聞き取れない。

森の奥から大きな塊《かたまり》が飛び出した。

こちらに向かって真っ直ぐ突っ込《こ》んでくる塊目掛け、俺に抱えられたアリスがショットガンをぶっ放す。

飛び出してきた塊ことトラ男は、片手で目だけを覆うと散弾《さんだん》を物ともせずに迫《せま》り来る。

片腕《かたうで》でアリスを抱えたまま、もう片方の手で銃《じゆう》を引《ひ》き抜《ぬ》くと——！

「動くんじゃねえー！」

《悪行ポイントが加算されます》

ロゼと同じく目を灼《や》かれ、悶《もだ》えるラッセルに突き付けた。

ラッセルに甘いトラ男が動きを止めてボソリと呟《つぶや》く。

「……お前、いつも飯作ってくれてるラッセルにゃんに、幾ら何でもそれはないにゃあ」

「今耳がキーンってなってるんで、何言ってるのか分かんないっス」

俺の腕《うで》から這《は》い出たアリスが一本の注射を取り出しながら。

「よし、抵抗《ていこう》するんじゃねえぞトラ男。せめて苦しまないように楽にしてやる」

「アリスにゃんの思い切りの良いとこは結構好きだが、いきなり処刑はドン引きだにゃー」

聴力《ちょうりょく》が回復してきた俺は、トラ男へにじり寄るアリスを横目に問い掛けた。

「トラ男さん、どうしてこんな事やらかしたんスか。イエスロリータ・ノータッチの精神はどこ行ったんです？　せめて最期ぐらいは、悪足掻《わるあが》きせず格好いいまま逝《い》ってください」

「事情を聞こうともせずに躊躇《ちゅうちょ》なく殺しに来るところがキサラギだにゃあ。先に誓《ちか》って言っておくが、攫《さら》ったナディアにゃんに犯罪行為《こうい》なんてしてないにゃー」

誘拐《ゆうかい》は結構な重犯罪のはずなんだが。

「ていうかお前ら、こんな所で何やってんだにゃあ。街の防衛と開拓《かいたく》はどうしたにゃん」

「何言ってんスか、トラ男さんのやらかしのせいで猫型魔獣を討伐してくれって依頼《いらい》が来たんですよ。とりあえず、奪《うば》った国宝とナディアにゃんを返してください」

交戦の意思はなさそうなので銃をしまって促《うなが》すと、トラ男がキッパリ言った。

「嫌《いや》だにゃー」

アリスが無言のまま注射器を投げ付けるが、トラ男はひらりと躱《かわ》す。

「ワガママ言ってんじゃねえぞロリコン野郎《やろう》！　キサラギの制裁部隊呼ばれたくなきゃ、

魔導石だけでもとっとと寄越《よこ》せ！」

確かに最優先事項《じこう》は国宝奪還と言われたが、そこはナディア姫《ひめ》を返せじゃないのか。

……と、それまで地面を転がり回っていたロゼがフラつきながらも立ち上がった。

「あたし、トラ男さんが意味もなく女の子を攫う人だとは思いません。何か理由があるんですよね？」

「魔導石を盗《ぬす》みに行ったら、なんか一人で寂《さみ》しそうにしてたから持ち帰ったにゃん」

ロゼは息を吸い込むとトラ男に向かって炎《ほのお》を吐《は》いた。

その場を飛び退き炎から逃《のが》れるトラ男に、俺は妥協《だきょう》案を出す事にする。

「トラ男さん、聞いてください。実は今、法制機関ヒイラギってヤツらと国宝を取り返す勝負をしてるんで、一旦《いったん》国宝だけ渡してくれません？」

「……そうだな。自分としては処刑してえがとりあえずそれで妥協してやる。自分達が国宝渡して報酬《ほうしゅう》を受け取った後は、もう一度奪ってくるなり好きにしろ」

言ってる事は最低だがしょせん俺達は悪の組織、この国が困ろうが……。

「無理だにゃー」

……………………。

「トラ男を包囲しろ。アレな注射を大量に取り寄せて、全員で一斉《いっせい》に投げ付けるぞ」

「落ち着いてくれよアリスにゃん、俺は嫌じゃなく無理だって言ったにゃー。だって……」

トラ男はポケットから、二つになった宝石のような物を取り出すと。

「魔導石ならこの通り、雑に扱《あつか》ったら割れたにゃん」

「あんた何て事してくれたんですか」


——地面に置かれた魔導石を取り囲んだ俺達は、一時休戦し話し合う事にした。

「とりあえず接着剤《せっちゃくざい》でくっ付けてみたけど、コイツは一体どうしたもんかな」

魔導石を復元したアリスがそれをしげしげ眺《なが》め、繋《つな》げた箇所《かしょ》を突《つ》っついている。

目の前にある魔導石は大人の拳《こぶし》二回りぐらいの大きさで、赤色をしていた。

「パッと見だと修復した物には見えないな。このまま渡せば何とかなるか？」

このまま渡そうかと提案すると、ロゼがはいと手を挙げる。

「正直に魔導石が割れた事を打ち明けて、代わりの物を用意するんじゃダメですか？　ほら、魔法《まほう》を使うラッセルさんの魔導石、元魔王《まおう》軍幹部の物だけあって、かなりの大きさだと思うんですが……」

「んんんんー！　んー！」

同族の発言にラッセルが呻《うめ》く中、トラ男が首を振る。

「ナディアにゃんから聞いた話だと、グルネイドで使われる魔導石は特殊《とくしゅ》な物らしいにゃん。ラッセルにゃんの魔導石は青色の水属性だし、多分無理じゃないかにゃー」

トラ男の言葉を受けて、ふとロゼが思い出したように。

「そういえばトラ男さん、ナディアさんは今、一体どんな生活してるんですか？　仮にもお姫様ですし、森での生活は大変じゃないですか？」

「キサラギから送ってもらったトレーラーハウスで毎日楽しく暮らしてるにゃん。地球産の料理に大喜びしていたし、食後の高級デザートにはなんか感動してたにゃあ」

と、ロゼはほっと息を吐くと、にこりと笑みを浮《う》かべて言った。

「なるほど、それなら安心ですね。……ところで、お姫様なら女性のお世話係や護衛が必要じゃないですか？　たとえばあたしとか向いてると思うんですよね」

「ロゼは美味い飯が食いたいだけなのが透《す》けて見えるにゃん。お世話係にするのなら、家事が出来るラッセルにゃんを連れて行くにゃあ」

トラ男がそう言って、縛《しば》られたまま諦《あきら》めの表情を浮かべるラッセルを抱《だ》き寄《よ》せた、その時だった。

「そこまでよッッ！」

突然現れたアデリーが、脚《あし》に青白い光を纏《まと》わせながらトラ男に飛び蹴《げ》りを放った。

何もない空間から現れた事からコイツのスーツは光学迷彩《めいさい》が備わっているのだろう。

回避《かいひ》不可能かと思われたアデリーの奇襲《きしゅう》は、トラ男が咄嗟《とっさ》に盾《たて》にした物で防がれた。

奇襲を防がれたアデリーは、その場から飛び退るとトラ男に指を突き付ける。

「年端《としは》もいかない少女を攫い、更《さら》には少年にまで魔手《ましゅ》を伸《の》ばす邪悪《じゃあく》な魔獣《まじゅう》よ！　法制機関ヒイラギの使徒、鈍色《にびいろ》のアーデルハイトが相手になるわ！」

隠《かく》れて俺達の話を聞いていたのかとも思ったが、この様子だと俺達の関係には気付いていないようだ。

「お前いきなり何するんだよ。自称《じしょう》正義の味方が奇襲はダメだろ」

「正義よりも人命よ。少年の命を救うためなら、卑怯《ひきょう》者の汚名《おめい》も受けて立つわ」

何の後悔《こうかい》もないと言わんばかりに爽《さわ》やかな笑みを浮かべるアデリーだが、皆《みんな》の視線は別の所に向けられており……。

「魔導石《まどうせき》、砕《くだ》けちゃいましたね」

ロゼの小さな呟きにアデリーが動きを止めた。

「……違《ちが》うの。私は、魔獣に捕《と》らわれた少年を助けようとしただけで」

なるほど、コイツはラッセルを縛り付けたのはトラ男の仕業だと思っているのか。

確かにワイヤーで縛られ猿ぐつわを噛《か》まされたラッセルの絵面は、犯罪臭《しゅう》しか漂《ただよ》ってこない姿だが……。

『おい六号。急に現れて魔導石を粉砕《ふんさい》したこの女は誰《だれ》だにゃー』

トラ男が日本語で話し掛けてくるが、キサラギの関係者だとバレるのはマズい。

と、俺がどう返そうか迷っていると、何かを思い付いたらしいアリスが言った。

「アデリーの追及《ついきゅう》は後だ。六号、猫《ねこ》型魔獣をスタングレネードで眩《くら》ませてやれ」

「おう、魔獣は音や光に弱いからな。何なら、音にビビって逃《に》げるかもしれないしな」

『つまり、六号がスタングレネードを投げたら俺は森に逃げろって事かにゃー』

猫型魔獣は人語を解さない体で話す俺達に、トラ男が日本語で呟いた。

「この魔獣は強いとは聞いているけど、私と貴方《あなた》が組めば何とかならない？　驚《おどろ》かせて森に逃げられるぐらいなら、ここで皆で仕留めた方が……」

余計な事を言ってくるアデリーに、トラ男がこれ見よがしにラッセルを見せ付ける。

「くっ、ラッセルを人質に取られている以上、俺達には手が出せない！」

「わ、わー、魔獣に攻撃《こうげき》なんてしたら、ラッセルさんがどうなるかー……」

「自分達にラッセルを見捨てろって言ってんのか？　アデリー、お前見損なったぞ」

俺達の小芝居《こしばい》にアデリーが慌《あわ》てて首を振《ふ》り、

「ち、違うわ！　そうね、少年の命が最優先よね！　いいわ、その作戦でいきましょう！」

返事を聞き終わるまでもなく、俺はスタングレネードを投げ付けた――！

5

「……とまあそんなわけで、猫型魔獣は仲間を人質として攫い、再び森へと逃げ込んだ。

そして肝心《かんじん》の魔導石は……」

アリスと俺の人差し指が、土下座するアデリーへと向けられて。

「「この女が割りました」」

「もうしわけありません！　もうしわけありません！　本当にもうしわけありません！」

依頼主に面会を求めた俺達は、応接室へと通されたのだが……。

「あらそう！　弟が引き込んだ者が魔導石を……これは大変な事になったわね！」

「ぐうううううう……！」

応接室で俺達の報告を受けたリディアが勝《か》ち誇《ほこ》った笑みを浮かべる横で、王子が悔《くや》しげに呻いていた。

王位争いをしているリディアとしては、対抗派閥《たいこうはばつ》の失態が嬉《うれ》しいのだろう。

「だから言ったろ王子さん、この女はろくでもねえって」

「オラッ、お前はどうしてこんなにポンコツなんだ！　魔導石砕いてごめんなさい、生まれてきてごめんなさいって謝れコラァ！」

「生まれてきてごめんなさい、産んでくれたお母さんダメな娘《むすめ》でごめんなさい！　でも聞いて！　私は捕らわれた少年を助けようとしただけなの！　それがまさか、こんな事になるだなんて……！」

この女は縛られたラッセルを見て、猫型魔獣に人質を取られた俺達が危機に陥《おちい》っていると考えたらしく、それでスーツの潜伏《せんぷく》機能を使って奇襲したらしい。

トラ男の説得には失敗したが、魔導石を割った罪を被《かぶ》ってくれたので結果オーライだ。

「あ、あの！　確かこの国は、魔導石が無いと立ち行かなくなるって聞いたんですけど、この状況《じょうきょう》ってマズいんじゃないですか？　今は誰が悪いとかじゃなく、魔導石をどうにかする事を考えた方が……」

泣いて謝る姿に良心が耐《た》えられなくなったのかロゼが話の流れを変えた。

それを聞いたアデリーは、救いを見付けたように顔を上げ。

「そ、そうね！　今最も大切な事は魔導石よね！　リディア王女、マディア王子、この度の事につきましては本当にもうしわけありませんでした。至急ヒイラギに使者を送り、代わりの魔導石を用意してもらいますので……」

「我が国に必要な魔導石は特殊な物ですが、本当に用意出来るの？　必要なのは、魔力《まりょく》伝導率が最高レベルの赤の魔導石。これを手に入れようと思ったら、最上位クラスのドラゴンを狩《か》るしかないわね」

リディアの返答に、顔色を悪くしたアデリーがなぜか縋《すが》るようにこちらを見詰《みつ》め。

「最上位クラスのドラゴンだそうよ……」

「何でこっち見るんだよ、俺達は手伝わないぞ。元々、猫型魔獣を討伐《とうばつ》して魔導石を取り返すって依頼《いらい》だから引き受けたんだぞ」

「おう、ついこないだアジト街を襲《おそ》った下位種のドラゴンですら手を焼いたんだ。これ以上は割に合わねえ、責任持って何とかしろ」

突き放《はな》されたアデリーがしょんぼりと項垂《うなだ》れるが、ハッと何かに気付き顔を上げた。

「そうだわ、ここはグルネイド。ミドガルズ山脈の麓《ふもと》の国！　となれば、この近くに古代遺跡《いせき》があるはずよ！」

それを聞いたリディアと王子が不思議そうに顔を見合わせ、

「確かに古代遺跡はあるけれど……。あそこはもう隅々《すみずみ》まで探索《たんさく》済みよ？」

「それに長年放置されていたせいで、現在は魔獣達の住処になっているはずだが……」

あんな所に何しに行くんだと言いたげな二人に、アデリーが笑みを浮かべ。

「あの遺跡には、世界の管理者である私達にしか開けられない隠し扉《とびら》があるんです。その先には、最高品質の赤の魔導石が保管されていたはずです」

自信有り気なその態度に、俺はふと気になって尋《たず》ねてみる。

「何でそんな所にそんな物が仕舞《しま》ってあんの？」

というか、どうしてコイツがそれを知っているのかも気になるのだが。

「それは、この国が建国された理由に繋がるわ。長い話になるけれど、それでもよければ」

「それならいいや」

話を聞いて欲しかったのか、アデリーが寂《さみ》しそうな顔になる。

と、それまで大人しかった王子がニヤリと笑った。

「私が雇《やと》ったアーデルハイト殿《どの》が魔導石を手に入れてくれる、と。これは王位継承《けいしょう》争いに決着が付く功績になるな」

それを聞いたリディアがバンと机を叩《たた》き立ち上がる。

「はあ!? 魔導石を砕いたのもその女でしょう？　差し引きゼロで功績にはならないわ！」

「そうだ、差し引きゼロだ！　だが姉上は、魔導石を強奪《ごうだつ》された分マイナスだな！」

二人が醜《みにく》い姉弟喧嘩《きょうだいげんか》を始める中、俺はアリスと目配せすると。

「それじゃあ俺達はこれで失礼しますね」

「依頼を達成出来ずもうしわけねえ。法制機関ヒイラギの妨害《ぼうがい》が無ければ結果は違ったんだがな。おいアデリー、お前さんには掛《か》かった経費を請求《せいきゅう》するからな」

「何この額！　ま、待って、私そんなにお金がなくて……！」

アリスが置いた請求書にアデリーがおののく中。

「待ちなさい。まだ話は終わってないわ」

その場を後にしようと立ち上がったところを、リディアに呼び止められた。

「いや、もう俺達にはどうしようもないんですけど。まさかドラゴン狩《か》って来いなんて言いませんよね？」

「さすがにそんな事は言わないわ。……でも、何かあるでしょう？　要は、そこの女より先に魔導石を手に入れられればいいのだから」

そう言って不敵に嗤《わら》うリディアに、王子がハッとする。

「姉上！　まさかこの者達に、アーデルハイト殿から魔導石を奪《うば》えと唆《そそのか》しているのか!?　そのような事が民に知れれば王としての支持は得られないぞ！」

「何を言っているのか分からないわね。私はただ、手段は問わない。結果が全て。魔導石を持って来てくれたら報酬《ほうしゅう》を払《はら》うと言ってるだけよ。……それに、もし彼らが魔導石を奪ったとしても、貴方はどうやってそれを証明するの？」

自らの爪先《つめさき》を弄りながら、察しろとばかりに俺に流し目を送るリディア。

「やはり姉上はクソだ！　そっちがその気なら、私にも考えがあるぞ！」

「王族には多少の黒さも必要なのよ！　グレイス王国を見なさいな、弱小国だったはずなのに、腹黒姫《はらぐろひめ》が王位に就いてからはどんどん発展を続けているわ。あそこまで真っ黒になれとは言わないけれど、甘く優しいだけの国王なんて必要ないわ！」

おいティリス、お前他国でボロクソに言われてるぞ。

「交渉役《こうしょうやく》のお嬢《じょう》さんは確かアリスと言ったかしら？　よーく考えてご覧なさい。ここで私に恩を売っておく事は利益になるわよ。それに、貴方達が生業《なりわい》としている傭兵《ようへい》業は信用が大事でしょう？」

戦闘《せんとう》員の派遣《はけん》業は現地資金と相手国の情報を得るための副業なのだが、提案を受けたアリスが考え込む仕草を見せた。

このままアデリーを放置すれば王子が王位に就く事になるのが面白く無いのだろう、ヒイラギとの仲も深まりそうだし。

「ろ、ロクゴー？　私達、一応停戦中の間柄《あいだがら》よね？　まさか請けたりしないわよね？」

「いやまあ、お前結構強いし面倒《めんどう》くさいから、あんまり請けたくは無いんだけど……」

それを聞いたアデリーが、ホッと息を吐《は》き安心した素振《そぶ》りを見せて。

「もし請けないというのであれば、キサラギは依頼を放り出して逃げ帰《かえ》る弱小傭兵だと周辺国に言《い》い触《ふ》らすわよ。私は王になる為なら何でもするわ！」

「あ、姉上……」

お姉さん、弟さんがドン引きですよ。

6

返事を保留したまま宿に帰った俺達は、備え付けのソファーに寝《ね》そべり、今後について話し合っていた。

「どうするアリス、もう依頼は無視してアジトに帰るか？　トラ男さんはこのまま野生に返してやるって事で」

「当初は簡単なお仕事のはずだったんだが、割に合わなくなってきたな。かといって、今の状況で周辺国へ弱小傭兵って噂《うわさ》を流されるのはマズい。ベリアル様が暴れたせいで従属を申し出てきた国や都市だが、弱いところを見せると一斉《いっせい》に敵に回りそうだ」

そういえばそっちの問題もあったんだっけ。

「あと、自分は負けるのが嫌《きら》いなんだ。ヒイラギの連中がこの国でデカい顔するようになるのも気に食わねえ。タダ働きも嫌いだな」

「お前アンドロイドのクセに嫌いな物多過ぎだろ」

学習能力が高いせいか、出会った頃《ころ》と比べるとコイツどんどん人間臭《くさ》くなってきたな。

「というか、リディア姫かマディア王子、どっちかに肩入《かたい》れするならお姫様だろ。マディア王子は潔癖《けっぺき》過ぎてウチとは合わねえ。その点、お姫様なら柔軟《じゅうなん》に付き合えそうだ」

「腹黒い王族はティリスだけで間に合ってるんだけどなあ」

……と、何だかロゼの様子がおかしい事に気が付いた。

「お前なんか震《ふる》えてないか？　どうした、カロリーゼットが切れたのか？」

「いえ、何だか凄《すご》く強い生き物が、こっちに向かってきている気がしまして……。……あの、カロリーゼットが切れたってどういう事ですか？　いつも定期的に貰《もら》ってるアレって、何か変な物が入ってるんですか⁉」

ベッドの上でシーツを被って震えるロゼに、俺とアリスは首を傾《かし》げる。

「新手の大型魔獣《まじゅう》が近付いてるとか？」

「それなら街の住人がもっと大騒《おおさわ》ぎしてるだろ。砂の王を相手にした時ですらこんな反応見せなかったんだ。なら、さっき話に出ていた最上位クラスのドラゴンとか……」

と、アリスが言い掛けたその時だった。

宿の外で突然爆発音《とつぜんばくはつおん》が響《ひび》き、それと同時に悲鳴が上がる。

何事かと窓下を覗《のぞ》くと、恐《おそ》らく誰《だれ》かに喧嘩を売って逆襲《ぎゃくしゅう》されたのだろうチンピラが、道に出来たクレーターの前で腰《こし》を抜《ぬ》かして震えていた。

辺りの住人達が何があったと騒《さわ》ぐ中、ドカドカと宿の階段を上ってくる音がする。

その足音が俺達の部屋の前で止まると、勢いよくドアが開けられて——


「六号、風呂《ふろ》を用意しろ！」


開口一番にそんな事を命じてきたのは行方《ゆくえ》不明になっていたベリアルだった。

「風呂を用意しろじゃないですよ、今までどこ彷徨《さまよ》ってたんスか。最高幹部が未開の敵地で迷子になるなんて笑えないっス」

「迷子になんてなってないぞ、単独での作戦行動だ」

この人は仲間とはぐれると毎度迷子になるくせに、いつも頑《かたく》なに認めない。

野外活動が多かったせいか、ベリアルは土や埃《ほこり》に塗《まみ》れていた。

「作戦行動って一体何してきたんスか。おかげで大変だったんですよ、色んなとこから友好や従属の使者が来たんですから」

「あたしは魔獣を狩ったり、喧嘩売ってきたヤツをぶちのめしたりしただけで悪い事なんてしてないぞ。悪行ポイント加算のアナウンスも流れてないしな」

「俺も他人の事言えませんが、悪行ポイントで善悪を判断するのは止めましょうよ」

なぜ突然こんな所に現れたのかは分からないが、問題の一つが解決した事はありがたい。

ベリアルが見付かった事で、どこかホッとした様子のアリスが言った。

「それにしても、ここしばらくの間に、キサラギに友好の使者を送ってきた国が二ヶ国と、恭順《きょうじゅん》したいと申し出てきた集落が五つもあったんだが、ベリアル様は何やらかしたんだ。侵略《しんりゃく》するにしても人手が足りな過ぎるんだが」

そんなアリスの苦情を受けて、ベリアルが恥《は》ずかしそうに頭を掻《か》きながら。

「風呂やトイレで困る度に見付けた街に乗り込んだんだよ。それで、キサラギについて知ってる事を吐けって脅《おど》して回ったら色々揉《も》めて、全部返り討ちにしてたらこうなった」

「風呂やトイレのついでで従属させられた所はいたたまれねえな」

なるほど、この宿に俺達がいる事が分かったのも表のチンピラを脅したからか。

「ベリアル様、なんか色々お疲《つか》れ様《さま》です。それじゃあ、お風呂にします？　トイレにします？　それともトラ男さんをしばきに行きますか？」

「先にトイレで風呂はそれから……トラ男をしばくってアイツ何やらかしたんだ。……ところで六号、そこで振動《しんどう》してるのは一体何だ？」

ベリアルの視線の先には、激しく震えるシーツの塊《かたまり》が居る。

「おいロゼ、この人はキサラギの最高幹部、ベリアル様だ。敵じゃないから安心しろ」

コイツの震えの原因はおそらくベリアルのせいなのだろう。

ロゼはシーツからコッソリと頭を覗かせるも、ベリアルと視線を合わせられないでいた。

「あたしのキメラの本能が、ベリアル様には近付いちゃダメって訴《うつた》えてます」

「普段《ふだん》は危機感の無い犬みたいな生活送ってるクセに、こんな時だけキメラぶるなよ」

初対面のベリアルは小さくなっているロゼに興味を覚えたのか、シーツ越《ご》しに突《つ》っついてビクビクと怯《おび》えさせている。

「お前の話は聞いてるぞ。何でも、食べた生物の力を取り込めるんだって？」

「は、はい……。とは言っても、よほどたくさん食べないと影響《えいきよう》は出ないんですけど」

それを聞いたベリアルは真面目《まじめ》な顔で頷《うなず》くと。

「おい六号、コイツに二十五メートルプール一杯《いっぱい》分のバッタを食わせてみよう。キサラギから送って貰ってくれ」

「バッタはこの星にもいますからそこら辺で捕《つか》まえません？　俺、あんまり悪行ポイント無いからバッタに使いたくないっスよ」

「どうしてキサラギの人達はあたしにバッタ食べさせようとするんですか!?」

ロゼが半泣きで喚《わめ》く中、俺はふとある事に気が付いた。

「ベリアル様、小型転送機はどうしたんですか？」

「何もしてないのになんか壊《こわ》れた。邪魔《じゃま》になったから置いてきた」

会社のパソコンを壊したおっさん上司みたいな事を口にするベリアルの腕《うで》からは、キサラギから支給される転送機が無くなっていた。

多分戦闘中に壊れたのだろうが音信不通だったのはこれが理由か。

この人、補給物資も金も無しでどうやって生きていたんだろう。

「それで、お前らは何でこんな所にいるんだ？　この国を侵略しに来たのか？」

不思議そうに尋《たず》ねるベリアルに、俺はキサラギからタオルを取り寄せながら。

「説明すると長くなるんで、まずは風呂にしましょうか。ベリアル様からメスの匂《にお》いが漂《ただよ》ってますよ」

「メ、メスの匂いって言うのは止めろ！」

幕間③　――彼と深夜のエッチな記憶――

「それじゃもう少しだけ時間を進めようか。アパートを追い出されたあの男が、キミの家の居候になった頃《ころ》がいいね。アイツと一緒に暮らしてて、何か困った事は無かったかい？」

ぼうっとする頭をゆっくり動かし、あの時の事を思い出す。

行くところを無くしたあの子を初めて家に泊《と》めた夜、部屋は遠く離れているはずなのに、緊張《きんちょう》して眠《ねむ》れなかった。

お手伝いの菊《きく》さんも居るから、同じ屋根の下二人きりというわけでもなかったのに。

それなのに、なぜか夜、なかなか眠れなかった……。

「……ほ、ほう。それはどうして眠れなかったんだい？　アイツに何かされたりした？」

何かされた……？　どうだったっけ……。ああ、されたと言えばされたのだろう。

そう、確かあの子を家に泊めた次の日だった。

その日は、ヒーローの柔《やわら》戦隊ジュウレンジャーにボロボロにされたにもかかわらず、俺、もっと強くなりたいんで稽古《けいこ》付けてくれませんかと頼まれて……。

確か寝技《ねわざ》の特訓と称《しょう》して、朝まで彼と……。

「寝技!?　朝までアイツと寝技の特訓!?　……いやちょっと待って、寝技の特訓と〝称して〃って言った？　朝まで彼と何したの⁉」

……うん、あれは寝技の特訓じゃなかった。

いや、最初は確かに寝技を教えようとしていた筈《はず》なのだ。

でも、体が硬《かた》くてストレッチも満足に出来ない彼にはまず柔軟《じゅうなん》が必要だと、足が開くように背中を押したり、筋肉が張ってパンパンになった太ももを解していたはず。

「ねえ、どうしてそこで黙《だま》り込むの？　本当に何を思い出したの⁉」

ストレッチ……そう、朝まで二人でストレッチを……。

「それってストレッチじゃないヤツだよね⁉　ストレッチって準備運動じゃん！　朝まで夜通しやるヤツは、それもう大人のストレッチで……！」

そうだ、カチコチに凝《こ》り固《かた》まった彼の体を、半ば意地になりながら解していったのだ。

おかげで、ストレッチというより整体治療《ちりょう》になってしまった。

「ねえ、本当の事白状しなよ。エロエロな事をやっちゃったんだろう？　よく思い出してごらん、ソイツに何を言われたのか。セリフだけで何が起きたのか分かるから！」

その結果、汗《あせ》ばんだ私を見てあの子がこう言ったのだ。

「ゆかりさんってエロいですね。メスの匂《にお》いがプンプンします、と……」

「アスタロトー！　早く来てえええええ――！」

四章　清く正しい一票を！

1

アジト代わりにしている宿の中で俺はこれまでの説明をようやく終えた。

風呂から上がったベリアルは、ベッドにあぐらをかいて膝上《ひざうえ》にシーツにくるまったロゼを乗せ、ぬいぐるみのように抱《だ》き締《し》めている。

真剣《しんけん》な顔で途中《とちゅう》何度も頷いていたベリアルは最後に大きく頷くと。

「なるほど、完璧《かんぺき》に理解した。とりあえずトラ男はあたしが駆除《くじょ》する」

「ベリアル様が理解したってマジっスか。大分こじれてややこしい事になってるなと思ってたんですが、いきなり賢《かしこ》くなってどうしたんスか」

今のゴチャゴチャした状況《じょうきょう》をこの人が理解した事に衝撃《しょうげき》を受ける。

「つまり、魔導石《まどうせき》を手に入れたヤツが王様になれるんだろ？　あたし、一度王様やってみたかったんだ」

全く理解していない事が判明し少しだけホッとする。

「ベリアル様が魔導石を手に入れたって王様は無理っスよ。継承権《けいしょう》が無いじゃないですか」

俺が正論で説得を試みるも、ベリアルは真剣な顔で言い放つ。

「キサラギの人間が無理って言葉を口にするな。諦《あきら》めなきゃ夢は必ず叶《かな》うんだよ」

「トラ男さんは小学生になるのが夢らしいですが、これもいつかは叶うって事スか？」

「それは無理だろ、諦めさせろ」

数秒前の発言を全否定したベリアルはロゼをシーツ越しに撫《な》で回しているが、されるがままに撫でられる姿はまるで愛玩《あいがん》動物か何かのようだ。

「よし、それじゃあ明日《あした》は遺跡《いせき》とやらに行ってみるか。作戦は幾《いく》つか考えてるが、悪の組織のお約束として、王子派の連中を尾行《びこう》して最後に魔導石を強奪《ごうだつ》するのが良いと思う」

ベリアルへの説明を諦めたらしいアリスが明日の予定を提案してくるが、以前トリス王国の遺跡でハイネやラッセルに行ったヤツか。

「アレは成功率高いからな。遺跡は長い間放置されたせいで魔獣《まじゅう》の巣窟《そうくつ》になってるみたいだし、アイツに露払《つゆばら》いしてもらおう」

「──というわけだが、ベリアル様もそれでいいか？」

生みの親にすら逆らうアリスにしては珍《めずら》しく、上司であるベリアルに確認を取るが。

「いいんじゃないか？　この星の事はお前達に任せているから、あたしの事は一戦闘員《せんとういん》として扱《あつか》えばいいぞ」

指揮官は一人の方がいいとの判断なのか、ベリアルが気楽な様子で笑みを浮《う》かべた。

「マジッスか。俺この星で偉《えら》い立場なんで、パン買ってきて貰《もら》っていいっスか」

「グーで殴《なぐ》られたくなきゃお前が買いに行って来い。焼きそばパンとメロンパンな。手に入るまで帰って来るなよ」

この星では手に入らないパンを要求してくる理不尽《りふじん》上司に悪行ポイントでパンを貢《みつ》ぐと、未だ膝上で抱《だ》かれていたロゼがクスクスと笑い出した。

「隊長とベリアル様は仲が良いんですね。なんだか姉弟《きょうだい》みたいです」

「言われてますよベリアル様。お姉ちゃんって呼ぶんで甘やかして貰っていいですか？」

「あたし、こんなバカな弟は嫌《いや》だ。もっとしっかりしたのが良い」

そんな俺達のやり取りに、ロゼが楽し気な笑みを浮かべている。

そういえばベリアルが改造手術を受ける前は、出来の悪い弟にするみたいに俺に何かと世話を焼いてくれたのを思い出す。

あの頃《ころ》のベリアルは今と真逆な性格で、ヒーローに挑発《ちょうはつ》され突っ込《こ》んで行こうとする俺を宥《なだ》めたり、敵地で迷子になった俺を保護してくれたり。

反社会勢力には貸せないと、前のアパートを追い出された俺を実家に住まわせてくれもした。

家に厄介《やっかい》になっていた時はなぜかベリアルと風呂《ふろ》で遭遇《そうぐう》する事が多かったが、それもまた良い思い出だ。

……いや、今思えば俺の入浴中にベリアルがうっかり入って来ていたような。

というか、『ごめんなさい、貴方《あなた》が入ってるとは思わなくて……』と恥《は》ずかしそうに慌《あわ》てながらも、いつも俺の裸《はだか》をガン見していた。

当時のベリアルはしっかり者だったはずなのだが、そんなミスをするだろうか。

「ベリアル様って、ひょっとして俺の事好きなんですか？　エロい目で見てたりします？」

「とりあえず今は一発殴ろうかとは思ってるよ」

真顔で酷《ひど》い事を言ってくるが、あの時は俺がベリアルの部屋を訪ねる度に、いつも誘《さそ》ってるかのように着替《きが》え中だったりしたのだ。

「俺の事を好きかどうかは置いといて、ベリアル様って結構なドスケベですよね」

「よし、久しぶりに鍛《きた》えてやる。お前ちょっと外に出ろ」

あの頃のベリアルはパッと見は清楚《せいそ》だが、実はムッツリスケベだったのは知っている。部屋が散らかっていると掃除《そうじ》してくれたりするのだが、放り出していたエロ本を見付け、俺が入って来るまでガン見していた事がよくあった。

「お前、あたしに怒《おこ》られてるのに何ニヤニヤ笑ってんだ。ガチの戦闘訓練やるからな。手加減はしてやらないぞ」

照《て》れ隠《かく》しなのか、ちょっと赤くなった顔でぶっきらぼうに言ってくるベリアルに。

「戦闘訓練って聞くと俺がキサラギに入った頃を思い出しますね。あの時は毎日吐《は》くまでしごかれたもんですが……」

そう、あの時とは違《ちが》う事が一つある。

「お世話になったベリアル様に、強くなった俺を見せてあげますよ」

辛《つら》かったけど楽しくもあった昔を思い出しながら、俺は不敵な笑みを浮かべた。

2

翌日の昼過ぎに起き出してきた俺に向け、アリスが開口一番に言ってきた。

「おう負け号、遅《おそ》かったな。とっくに準備は出来てるぞ」

「負け号隊長、おはようございます。今日は遺跡に行くって言ってたのにもうすぐお昼になっちゃいますよ？」

コイツらは本当に俺の相棒と部下なんだろうか。

結構な怪我《けが》人の俺に対し、この仕打ちである。

「医療《いりよう》用ナノマシン使って、あれだけの傷を無理矢理一日で治したんだぞ！　お前らもうちょっと優しくしろよ！　まだ体のあちこちが痛むんだよ！」

ベリアルをからかい過ぎた結果、昨日は大変な目に遭《あ》わされた。

戦闘訓練中にあちこち触《さわ》りまくってやった事でベリアルがやる気になってしまった。

もちろんエロい方のやる気ではなく、痛い方のやる気だ。

「ごめんな負け号、もうちょっと手加減するべきだったな。まさかあそこまで貧弱だとは思わなくてさあ」

「もう一度俺の事を負け号って呼んだヤツは、悪行ポイント稼《かせ》ぎの的にするからな」

人の傷口に塩を塗《ぬ》る連中をけん制しながら体の具合を確かめる。

まだあちこち痛むとはいえ、これならなんとかいけそうだ。

「よし、それじゃあ作戦内容を改めて説明するぞ。魔導石の回収に向かったアデリーを尾行して、魔導石を見付けて油断したところを襲《おそ》って奪《うば》う。まあ、以前似たような事をやってるから失敗する可能性は低いだろう」

念のためアリスが作戦の再確認を行うと、ロゼが口元をむにむにさせて。

「アレ、凄《すご》く罪悪感が湧《わ》くんですよね。ゴールに辿《たど》り着《つ》いて喜んでる人を、どん底に突《つ》き落《お》とす感じがして……」

腹を空かせると猟奇《りょうき》的になるキメラだが、普段《ふだん》のコイツは善良な部類だしな。

「あまり気が進まないなら、プランBも用意してあるぞ」

「本当ですか⁉　どんな作戦なのか教えてください！」

頭脳担当のアリスの言葉にロゼが目を輝《かがや》かせる。

「砕《くだ》け散《ち》った魔導石の色や形は記憶《きおく》してるからな。このデータをキサラギに送って、同じ色と形の物をプラスチックか何かで作ってもらおう。後は、魔導石手に入れましたとレプリカを渡《わた》して、報酬貰《ほうしゅうもら》ってトンズラするんだ」

「一番ダメなヤツじゃないですか！　魔導石が無いとグルネイドは立ち行かないそうですし、後で大変な事になりますよ！」

食《く》って掛《か》かるロゼに向け、アリスは安心しろとばかりに片手を広げ。

「それについては大丈夫《だいじょうぶ》だ。魔導石をアーティファクトか何かに使われる前に、トラ男にレプリカを盗《ぬす》んで貰えば完璧だ。また魔導石の奪還《だっかん》依頼《いらい》が来たとしても、今度は突っぱねれば問題ない」

「すいません、まだ正々堂々と奪い取《と》った方がいい気がします……」

——グルネイド近くの森の奥。

リディアから事前に聞いていた場所に向かうと遺跡《いせき》らしき物が見えてきた。

トリスにあった遺跡より小さめの施設《しせつ》で、コンクリートっぽい材質で造られている。

遺跡を遠巻きに眺《なが》めながら、辺りを見回しアリスが言った。

「遺跡傍《そば》のあちこちに野営した跡《あと》があるし、既《すで》に探索《たんさく》を始めてるみたいだな。という事は、アデリーだけが開けられる隠し扉《とびら》とやらも解錠《かいじょう》済みじゃねえのか？　いっそ、ベリアル様に遺跡を蒸し焼きにして貰うのはどうだ」

「あたしの出番か、任せとけ」

「そんでアデリーには脱出《だつしゅつ》された挙げ句、火力が高過ぎるせいで魔導石が溶《と》けるんだろ。既にオチが見えるんでベリアル様は下がってください」

出番が無い事にしょんぼりするベリアルを、ロゼがどう慰《なぐさ》めようかとオロオロしてると。

「……おい。アデリーが出て来たが、マズいのを連れてるぞ」

俺が遅くまで寝《ね》ていたせいか、アデリーは早くも探索を終えたらしく、遺跡から人を連れて出て来るが……。

「騎士《きし》に交じってカメラマンみたいなのが居るけど、この星にもテレビがあるのか？」

ベリアルが感心したような声を上げているが、アリスの言うマズいのとはまさしくコイツらの事だろう。

先行するアデリーの後ろで王子派と思われる騎士達に囲まれながら、テレビカメラのような物を抱《かか》えた男が歩いていた。

「そうっス、コイツらってトイレはボットン使ってるクセに、動力源不明の謎《なぞ》テレビがあるんですよ。何せこの星には魔法《まほう》ってヤツが存在しますからね」

「そういえば報告書に書いてあったな。……あれっ？　となると、魔導石《まどうせき》を強奪したら全部放送されるのか？」

昨日、リディアが王子に言っていた。

『もし彼らが魔導石を奪ったとしても、貴方はどうやってそれを証明するの？』と。

そして王子は、『私にも考えがあるぞ』と返したのだ。

「魔導石を持っているのが厄介だな。それがなきゃ連中に撮《と》られる前に、ベリアル様に焼いて貰うとこなんだが。……遠距離《えんきより》からカメラを狙《ねら》い撃《う》つか？　しかし、カメラのみを狙《そ》撃《げき》しても他に撮影媒体《さつえいばいたい》が無いとは言い切れねえ。それならいっそ、カメラマンの方を……」

「アリスさんダメですよ！　たとえ戦時中だったとしても、郵便屋さんと撮影屋《さつえい》さん、それとカブトムシ屋さんは攻撃《こうげき》しちゃいけないんです！」

郵便とカメラマンはともかく、カブトムシ業者を保護する理由は何だ。

——と、その時だった。

周囲を警戒《けいかい》していたベリアルが、ふと何かを見付けたようだ。

「……ん？　なー、アレってトラ男じゃないか？　あんな所で何やってるんだ」

ベリアルの視線の先を追ってみると、茂《しげ》みに潜伏《せんぷく》中のトラ男が居た。

「潜伏中のトラ男さんなんてよく見付けられましたね。多分アデリーが持つ魔導石を狙ってるんスよ。あの人、魔導石を集める趣味《しゅみ》があるんで」

「魔導石を手に入れても王族じゃなきゃ王様になれないんだろ？　アイツ、そんな物手に入れてどうする気なんだ？」

ジリジリと標的へにじり寄るトラ男を不思議そうに眺めるベリアルに、

「この星には時間を逆行させる能力者がいるんです。トラ男さんは、強力な魔導石があればいつか子供になれるはずだって、今も諦《あきら》めずに頑張《がんば》ってるんス」

「あたしの頭が良くないせいか、トラ男が何言ってるのか分かんない」

そんなの俺だって分からない。

……と、様子を覗っていたトラ男が動きを見せた。

遺跡《いせき》内の魔獣《まじゅう》を駆除《くじょ》したせいで、アデリー達が疲労《ひろう》しているのを見て取ったのだろう。

「おっ、トラ男のヤツやる気だな。あんなに気合いが入ったところは見た事ないぞ」

ベリアルが言うように、普段飄々《ふだんひょうひょう》としているトラ男にしては目がガチだ。

「あっ、トラ男さんが行きました！　隊長、あたし達は見てるだけでいいんですか？」

トラ男に懐《なつ》いていたせいか、ロゼが心配そうな声色で尋《たず》ねてくる。

「そうだな、ただ見てるだけなのもつまらないし……。ベリアル様、魔導石強奪《ごうだつ》が成功するか賭《か》けません？　俺は成功する方にリリス様のやらかし情報を賭けるっス」

「あたしは失敗する方にアスタロトの恥ずかしい写真を賭けるよ」

「賭け事《ごと》は良くないと思います！　というか、そういう意味で言ったんじゃなくて……！」

「おう、トラ男が先手を取ったぞ。でもアイツ、カメラでバッチリ撮られているな」

アリスの指摘《してき》の言葉通り、奇襲《きしゅう》を仕掛《しか》けたトラ男はその一部始終を捉《とら》えられていた。

先日奇襲を受けた事への仕返しなのか、トラ男の跳び蹴《げ》りがアデリー目掛《めが》けて放たれる。

それを辛《かろ》うじてガードしたアデリーだが、勢いよく撥《は》ね飛ばされた。

そのまま遺跡の壁《かべ》に激突《げきとつ》するのを、周りの騎士が受け止めて勢いを殺し助けに入る。

――そんな一連のやり取りを、カメラマンは一つも撮り逃《のが》す事なくレンズに収めた。

「トラ男さんやアデリーよりも、カメラマンの方が良い動きをしているな」

「撮影屋さんは大森林の奥深くで色んな魔獣を撮るのが仕事ですからね。こないだ放送されたドラゴンの子育てドキュメンタリーなんて、どうやって巣穴に侵入《しんにゅう》したんだって騒《さわ》がれていましたよ」

そのドキュメンタリーは俺も見たいし、この星のカメラマンをスカウトしたいな。

「アデリーが騎士と連係して反撃《はんげき》してるが、さすがにトラ男の方が優勢だな」

他人事《ひと》のように見学しながらアリスが感想を口にする。

トラ男はアレで最強の怪人《かいじん》だ、取り巻きの騎士がいるとはいえ、俺と拮抗《きっこう》するレベルのアデリーには荷が重いだろう。

盾《たて》を構えた騎士が次々とトラ男に殴《なぐ》り飛《と》ばされ、ついにはアデリーが追《お》い詰《つ》められる。

人型の魔獣がアデリーを壁際《かべぎわ》に追い込むというかなり犯罪臭《しゅう》がするその絵面を、カメラマンが様々な角度から撮り続けていた。

「ベリアル様、アスタロト様の恥《は》ずかしい写真を頼《たの》みますよ」

「まだ勝負は終わってないぞ。いいか六号、よく見とけ。スマートっていう最近覚えた言葉の意味を今からお前に教えてやるよ」

ベリアルはそう言い残し、隠《かく》れていた木陰《こかげ》から飛び出した。

改造手術で強化された身体《しんたい》能力を発揮して、常人では視認するのも難しい速度で駆《か》ける。

騎士達と対峙《たいじ》していたトラ男に高速で接近したベリアルは。

『久しぶりだなトラ男、元気そうで良かったよ！　今すぐ処刑《しょけい》してやるからな！』

『何でこんな所にベリアル様が⁉　処刑される心当たりはたくさんあるが、話も聞かずにそれはねえにゃん！』

笑《う》みを浮かべて殴り掛かってきたベリアルに、トラ男が慌《あわ》てて飛び退る。

「おいアリス、この状況《じょうきょう》どうするんだ。あの人、俺との賭けに勝つためだけに、何も考えず飛び出しちゃったぞ」

「これはさすがに想定外だよ。トラ男と日本語で叫《さけ》び合ってるし、関係者だとバレるのも時間の問題だな。大丈夫だ、バックレる用意は出来てるぞ」

ベリアルの暴走にどうしたものかと思っていると、助けられた形になったアデリーが、頬《ほお》を上気させてその背中を見上げる。

追い詰められていたアデリーからすれば、ベリアルの事がピンチに駆け付けてくれたヒーローにでも見えているのだろう。

いきなり現れた謎の美女の乱入に、カメラマンも地面を転がりながら激撮《げきさつ》中だ。

『それじゃあ十秒だけ話を聞いてやる。それであたしを説得してみろ』

『魔導石を盗みに侵入したら、ナディア姫が一人で寂《さみ》しそうにしてたんです。気になって話し掛けてみたら俺を怖《こわ》がる様子もなく、姉兄喧嘩《げんか》を止めたいけど何も出来なくて悲しいんだと言われまして』

……ん？

『それで、俺が持っていた魔導石を見ても咎《とが》める事なく、むしろそれが喧嘩の原因になっているから、そのまま持って行っていいと。そして、自分が居なくなれば兄と姉が心配して、もしかしたら自分を捜して協力してくれるかもしれない。魔導石をあげる代わりに、どうか私も連れて行ってほしいと。……子供にそこまで言わせちまったら、力になってやらないわけにいかんでしょう？』

…………トラ男は語尾《ごび》ににゃんを付けるのも忘れるぐらい真剣《しんけん》に語っていた。

トラ男が話す日本語をアリスがロゼに通訳する傍《かたわ》らで、俺はトラ男を誤解していた自分を恥じる。

「隊長、それにアリスさん！　トラ男さんが何するつもりかは知りませんが、あたし達も行きましょう！」

アリスの翻訳《ほんやく》を聞いて感動したのかロゼが拳《こぶし》を握《にぎ》り締《し》めた。

俺はトラ男の援護《えんご》をするため腰《こし》の後ろから銃《じゅう》を引《ひ》き抜《ぬ》く。

『そこで俺は決めました。幼い妹を悲しませて王位争いなんてしているバカはぶっ飛ばすと。そして改めて魔導石を手に入れ、それを土産《みやげ》にナディア姫を』

『それ以上言うなトラ男！』

熱く語るトラ男をベリアルが遮《さえぎ》った。

真面目《まじめ》な表情を湛《たた》えたベリアルは、それ以上口にする必要はないとでも言うように。

そして、分かっているとばかりに頷《うなず》くと――

『あたしは十秒だけ聞いてやるって言ったんだ！　話が長くて分かんないし、説得出来なかったんだからお前は処刑だ！』

『あんた理不尽《りふじん》過ぎるにゃー！』

俺達が止めに入る隙《すき》も無く、ベリアルが襲《おそ》い掛《か》かった――！

3

カメラマンや騎士達と共にアデリーが頭を下げた。

「ありがとうございます！　あのままでは魔導石を奪《うば》われていたところでした！」

ベリアルに襲われたトラ男はにゃんにゃん鳴きながらも応戦し、隙を見てスタングレネードを使って逃走《とうそう》した。

森に潜伏しての奇襲を得意とするトラ男はスタングレネードを愛用している。

そのために、いつも閃光《せんこう》を防ぐ特殊《とくしゅ》なサングラスを掛けてるぐらいだ。

「それにしても……」

と、アデリーは複雑そうな表情をこちらに向けると。

「まさか、こちらの方がロクゴーの上司だなんてね。ベリアル様と言いましたか？　改めてお礼を言わせてもらいます。助けてくれて、ありがとうございました」

木陰から出てきた俺達にアデリーは最初身構えたものの、今では警戒を解いていた。

「本当はあたしの手でアイツにトドメを刺《さ》したかったんだけどな。まあ怪我《けが》は無かったみたいだし何よりだ」

体を気遣《きづか》われた事が嬉《うれ》しいのかアデリーは少しだけ照れくさそうに頬を染め、

「ベリアル様はあの魔獣と何かの因縁《いんねん》があるのですね」

「ああ、アイツはあたしの元部下だからな」

…………。

『ベリアル様、いきなり何て事言い出すんスか！　まだトラ男さんと俺達の関係はバレてないんですよ！』

固まったまま動かないアデリーをよそに、小さく囁《ささや》きかける俺に向け、ベリアルがニヤニヤと笑みを浮かべている。

『お前も悪の組織の人間なら常にギリギリのラインを渡《わた》っていけ。安全牌《あんぜんぱい》なんてクソ食らえだ。あたしもお前も悪党なんだ、長生きするより今を楽しめ！』

キサラギという組織には、どうしてこうも難の有るヤツしかいないんだ、少しは俺を見習って常識とかを身に付けてはどうだろう。

どうせこの人の事だ、万一バレたら力業で解決すればいいと思っているのだ。

『ベリアル様は周りを困らせて面白がってるだけでしょうが。つい最近、バレないかハラハラする今の状況と似たような事があったんですよ。戦闘員《せんとう》十号が、ベリアル様と同じような事して楽しんで……』

「今のはキサラギジョークというヤツです。あんな魔獣なんて知りません」

「そ、そうだったんですね！　うふふ、急に言われて驚《おどろ》いたわ。あの魔獣と似たような言語で会話しているようにも聞こえましたから……」

戦闘員十号と並べられるのは嫌《いや》だったのか手の平を返したベリアルに、アデリーが目を輝《かがや》かせながら片手を出すと。

「ベリアル様の正義の心は素晴らしいですね！　私は法制機関ヒイラギ使徒、鈍色《にびいろ》のアーデルハイトです！」

「敵じゃねーか！」

握手《あくしゅ》しようと手を差し出していたアデリーは、頭突《ずつ》きを食らって蹲《うずくま》った。

「おい六号、今、法制機関ヒイラギって名乗ったぞ！　じゃあコイツは敵じゃねーか！」

頭を押さえて蹲るアデリーを指差しながら、ベリアルが今さらな事を言ってくる。

「今まで誰《だれ》だと思ってたんスか。昨日は俺の説明聞いて、完璧《かんぺき》に理解したって言ったじゃないスか」

「八割ぐらいは聞き流してるに決まってるだろ。でもそういう事なら話は早いな」

ベリアルは不敵な笑みを浮かべると、未だ蹲るアデリーの首根っこを摑《つか》んで持ち上げた。

「商売敵のアーデル何とか。お前はウチと敵対関係にあるとはいえ、助けられた事は認めるな？　そしてあたしが助けなかったら、魔導石《まどうせき》を奪われていた事も認めるな？」

「も、もちろん……。我がヒイラギは正義の機関よ、受けた恩はちゃんと返すわ」

痛みで涙《なみだ》ぐんではいるものの、それでもベリアル相手に一歩も引かず、アデリーはぶら下げられたまま言葉を返した。

「分かっているならそれでいい。なら早速だけど礼をくれ。お礼はお前の魔導石な」

「いきなり何を言い出すの!?　幾《いく》ら何でもそれは無理よ！　だってこの魔導石は、正確には私の物ってわけではないし……！」

取り巻きの騎士《きし》達は武器を構えるものの、トラ男を撃退《げきたい》したベリアルを遠巻きにするのが精々だ。

片手で宙吊《ちゆうづ》りにされたアデリーは、絶対に離《はな》さないとばかりに魔導石を腹に抱《だ》き込む。

「う、受けた恩は他の物で返すから！　コレは、必要としている人がいるし譲《ゆず》れないわ！」

「……仕方ないなあ。それじゃあ別の物でも構わないぞ」

その根性に感じ入るものでもあったのか、ベリアルが仕方なさそうに地面に下ろした。

アデリーがホッとしたようにベリアルを見上げると。

「お前の組織のヒイラギって名前、キサラギに似てて紛《まぎ》らわしいんだよ。これからはもっと分かりやすく、何とかレンジャーみたいな名前にしろ」

「理不尽な！」

地面に下ろされたアデリーが魔導石を抱いて後退る姿に、ベリアルが突然《とつぜん》切れた。

「魔導石はダメ、改名も嫌だ！　ピンチを救って貰《もら》っといてお前ワガママ言い過ぎだろ！」

「私、そこまでワガママ言ってない！　この放送をご覧の皆《みな》さんはどう思いますか!?　私がワガママだと思いますか!?」

追《お》い詰《つ》められたアデリーがカメラに向かって訴《うった》えると、アリスがベリアルに何かを囁く。

「……しょうがないな。今回の件は貸しって事にしといてやるよ。早く、魔導石を必要としている人のところに持ってってやれ」

急に大人しくなったベリアルにアデリーは怯《おび》えながらも宣言する。

「この借りはちゃんと返すわ！　でも、今回は私の勝ちよ！　法制機関ヒイラギは……」

わざわざタメを作ったアデリーは、

「決して悪に屈《くっ》しはしない！」

カメラに向かってポーズを取った。

「…………………」

「まま、待って、カメラ映えを狙《ねら》ったのが気に食わなかったの!?　それについては謝るから、今日はこれで失礼するわ！」

決めポーズにイラッとしたベリアルに無言で迫《せま》られ、アデリーは騎士達と共に逃《に》げて行った――


――宿に戻《もど》った俺達は、部屋に備え付けられている謎《なぞ》テレビを眺《なが》めていた。

《凱旋《がいせん》です！　マディア王子が法制機関ヒイラギから招いた使徒、アーデルハイト氏が魔導石を持ち帰りました！　国宝紛失《ふんしつ》により懸念《けねん》されていた危機も、これで万事解決です！》

目の前のテレビでは、アデリーがカメラに向かって手を振《ふ》る姿が映っており、マディア王子の功績であると大々的に報じられている。

俺はそんな面白くもない放送を眺めながら、ベッドに腰掛《こしか》け足をブラブラさせているアリスに言った。

「なあ、本当にこれで良かったのか？　もう決着付いちゃったぞ？」

「あの時ベリアル様にも言ったんだが、まだプランCを残してある。それを成功させるには、カメラの前で暴れられるわけにはいかなかったんだよ」

そんなアリスの説明を受け、何だか大人しかったロゼが俯《うつむ》き加減《かげん》に呟《つぶや》いた。

「あのう……。今回は、どうにかトラ男さんを助けてあげられませんか？　何だか必死に頑張《がんば》ってましたし、ナディアってお姫様《ひめさま》の願いもどうにか叶《かな》えてあげたいですよ」

ベリアルが話を途中《とちゅう》で終わらせたのでうやむやになってしまったが、トラ男としては、くだらない王位争いを終わらせるためナディアを王位に就けたいのだろう。

まだ会った事がないのでどんな子なのかは分からないが、トラ男の話を聞く限り他の二人よりはマシな気もする。

「それについては自分は何とも言えねえな。元はトラ男が勝手に始めた事だ、責任はアイツに取らせるべきだ」

そんな辛辣《しんらつ》なアリスの言葉にロゼが一層俯きシュンとなる。

「でもトラ男はキサラギ最強の怪人《かいじん》だ。自分が手を貸さなくたって、魔導石の一つや二つ、案外どうにかしちまうかもな」

「アリスさん……。そうですね、最上位のドラゴンを倒《たお》せば赤の魔導石が手に入るそうですが、トラ男さんならドラゴンを狩《か》ってくるかもしれませんし！」

ロゼが何気に言ったその言葉が、何だかいやに引っ掛かる。

そう、魔導石に関して何かを忘れているような……。

何かを思い出そうとする俺の隣《となり》で、ベリアルがワクワクした顔でアリスに尋《たず》ねた。

「それで、これから一体どうするつもりだ？　プランCってのがあるんだろ？」

「作戦自体は単純だよ。そのためには、まず魔導石を手に入れねえと」

アリスはそう言って腰掛けていたベッドから立ち上がると。

「そろそろこの街に魔導石が来る頃《ころ》だ。トラ男に気付かれないウチに迎《むか》えに行くぞ——！」

——グルネイドの首都を出て、ミドガルズ山脈に延びる街道を歩いて行く。

……一体どれぐらいの距離《きょり》を歩いただろうか。

徐々《じょじょ》に辺りが暗くなり、俺達がキャンプの準備を始めた、その時だった。

「なあ、誰かこっちに向かって来てるぞ」

誰よりも勘《かん》の良いベリアルが、街道の向こうから来る何者かに気が付いた。

その言葉に釣《つ》られて暗闇《くらやみ》に目を凝《こ》らせば——

「そこの者！　すまないが何か食べさせては貰えないだろうか！　私はグレイス王国近衛騎士隊長スノウと申す者！　大丈夫《だいじょうぶ》だ、敵意は無いし金もある！　だから……コイツに何か食わせてやってくれ！」

グッタリしたハイネに肩《かた》を貸し、剣《けん》を杖《つえ》代わりに歩いてくるスノウが居た。

4

「おい、そっちのパンをもう一つくれ！　後、水のお代わりも！」

「私もパンをお代わりだ！　くっ……。一切れのパンをこんなに美味《おい》しく感じたのは、スラム街で五日も何も食えなかった子供の頃、炊《た》き出《だ》しで食べた黒パン以来だ……！」

よほど飢《う》えていたらしく、悪行ポイントで出した食べ物が次々と二人に食われていく。

パンを齧りながら涙するスノウの横で、なぜかハイネまでもが涙を流す。

「あんたも苦労したんだねえ……。ほら、あたいの分のパンも食べるといいよ」

「何を言うのだハイネ、それはお前がちゃんと食べろ。本当は涎《よだれ》を垂らすほど好きな魔《ま》獣《じゅう》のレバーを、生臭《なまぐさ》いから苦手だと嘘《うそ》を吐《つ》いて私に押し付けた事は忘れてないぞ。腹がはち切れるまで食わせるからな」

そう言って泣きながらパンを貪《むさぼ》る二人だが、やたら仲良くなっているのはなぜだろう。

サバイバル生活を送るうちに友情でも芽生えたのだろうか。

「ほら、こっちの肉が焼けてるよ。こういう時には炎《ほのお》使いなのが有り難いね。火を使った料理は調整がしやすいからさ」

「ふふっ……さすがはハイネだな。有り難く頂くが、こっちの一番いい感じに焼けた肉はハイネ自身が食べるべきだ」

そう言って笑い合う二人は、美味そうに焼けたバーベキュー串《ぐし》を互《たが》いに差し出すと。

「お二人が要らないのなら、これはあたしが食べますね」

「「ああっ！」」

ほのぼのとした空気を意に介《かい》さず、ロゼが二本の串焼《くしや》きをまとめて食べた。

「なんであんたが食べるのさ、それはスノウに食べさせようと……！」

「ハイネはさっきまで死にかけていたんだ！　それはハイネが食べるべきで……」

ロゼに食《く》って掛《か》かったハイネとスノウは、顔を見合わせ恥《は》ずかしそうに——

「さっきからユリユリしいんだけど、お前らいつから付き合ってんの？」

「バカッ、我らの友情を穢《けが》すんじゃない！」

「あんたは発想が下品なんだよ！　苦難を乗《の》り越《こ》えて結ばれた、種族を超《こ》えた友情だぞ！」

なんかおかしな事になってるが、放っておけば三日ぐらいで戻るだろう。

「つーかお前らを転送した事を今まですっかり忘れてたよ。この数日間は何してたんだ？」

俺が何気なく言った一言に、二人が目を見開いて戦慄《わなな》いた。

「何してたもクソもあるか、見ての通り遭難《そうなん》したのだ！　ドラゴンに追われて食料を食われるわ、その他の荷物も奪《うば》われるわで……！」

「夜は火を焚《た》かなきゃいけないし、使える魔力《まりょく》も限りがある。襲《おそ》ってくる肉食獣《にくしょくじゅう》はスノウが狩って、あたいがそれを焼いて調理して……二人で助け合ってここまで来たのさ！」

上位種のドラゴンは賢《かしこ》いから人を襲わないってのは何だったんだ。

確かそんな事を言っていたアリスと目が合うと、ミステイクとばかりに肩を竦《すく》める。

と、無言で串焼き肉を頬張《ほおば》っていたベリアルが、ふと気になったのか尋ねてきた。

「ところで、何でコイツらを転送したんだ？　何かの遊びか罰《ばつ》ゲームか？」

「何他人事《ひとごと》みたいに言ってるんスか。迷子になったベリアル様を捜《さが》すため、爆発《ばくはつ》反応があるたびに捜索《そうさく》隊を送ってたんですよ」

まあ、後半は転送するのが楽しくなって、遊び感覚になっていたが……。

ベリアルはちょっとだけ目を泳がせると、串焼きの残りを囓り。

「あたひは迷子になってないから」

「まだそんな事言ってるんスか。強がり言ってると置いてきますよ」

誰《だれ》よりも串焼きを食べてようやく腹が満たされたのか、ロゼが二人に笑い掛け。

「でも、お二人が無事で良かったです。あたしとラッセルさんも縛《しば》られた上で、無理矢理グルネイドに連れて来られましたから」

「お前も大概《たいがい》な目に遭《あ》わされているな……。ところで、先ほどから気になっていたのだが、そちらにいる御仁《ごじん》は誰だ？」

スノウの指し示したのはそっぽを向いているベリアルだ。

「そういや紹介《しょうかい》がまだだったな。秘密結社キサラギの最高幹部、ベリアル様だ」

「なるほど……。初めましてベリアル様。私はキサラギの戦闘員《せんとう》にして、グレイス王国近衛騎士《きし》隊長のスノウです。どうか今後ともお見知りおきを……」

さすがは騎士隊長と言えばいいのか、スノウが綺麗《きれい》に一礼する。

礼を受けたベリアルは、何かを思い出したように手を打つと。

「お前の名前は覚えてるぞ、六号からの報告書で見たからな！　確か、金と魔剣《まけん》に目がなくて、身動き取れない六号にキスした女だ！」

「おわっ、いきなり何すんだ！　コラ止めろ、暴れるな！」

ベリアルの言葉を受けて襲い掛かってきたスノウを取り押さえると、キャンプの後始末を終えたアリスが皆に告げた。

「それじゃあそろそろ街に帰るぞ。本当はここで一泊《いっぱく》して、それからスノウとハイネを捜すつもりだったが見付かったからな。どうせ寝《ね》るなら、野宿するより宿のがいいだろ」

「ああ、わざわざあたい達を捜しに来てくれたのかい？　その優しさがあるんなら、そもそも転送するのを止めて欲しかったよ……」

「全くだ。……まあ、結果として無事だったのだ。ハイネの人となりも知ることができたし、こうして終わってみればサバイバルも悪くない」

そんなスノウの言葉を聞いて、ハイネが照《て》れ臭《くさ》そうに笑っていると。

「迎えに来たのは合ってるが、正確にはお前らじゃない。ハイネの持ってる魔導石《まどうせき》だな」

「「はっ？」」

ここ数日で息が合ったのか、スノウとハイネが同じ仕草で首を傾《かし》げた。

「思い出しました！　そういえばハイネさんが持つ魔導石は、以前トラ男さんがドラゴン倒して、奪《と》い取った物をあげたんでしたね！」

納得したように手を打つロゼに、当のハイネが手《て》の甲《こう》の魔導石に視線を落とし。

「つまり、あたいの力が必要になったたってわけかい？」

真打ち登場みたいなドヤ顔になったハイネにアリスが告げた。

「必要なのは魔導石だ。しかもドラゴンが持っている赤い色のヤツしかダメらしいんだ」

……奪われまいと魔導石を腹に抱《だ》き、泣いて抵抗《ていこう》するハイネの前に。

「これはハイネが大切にしている物だ。それを力尽《ちからず》くで奪うと言うなら、たとえ誰が相手でも容赦《ようしゃ》はしない」

声高に宣言すると、まるで弱者を守る騎士のように、剣を抜《ぬ》いたスノウが立《た》ち塞《ふさ》がった。

泣いて蹲《うずくま》っていたハイネが眩《まぶ》しそうにスノウを見上げ、涙《なみだ》を拭《ぬぐ》って立ち上がる。

剣を構えるスノウの後ろで、いつでも援護《えんご》出来るよう腰《こし》を落とした。

「私ではこの面子に勝てない事は承知の上だが、それが……！」

「王女様に魔導石持ってくとかなりの報酬《ほうしゆう》が貰《もら》えるんだよ。お前らにもボーナス弾《はず》むぞ」

アリスの放った一言に、スノウの瞳《ひとみ》が陰《かげ》りを見せる。

「それが……騎士という……もの……」

「ちなみにベリアル様はキサラギで一番強いからな。死なないように気を付けろよ」

続いての俺の一言に、スノウが無言で俯《うつむ》いた。

「……ス、スノウ？　あたい達はズッ友だよな。ここで見捨てたりしないよな？」

ハイネが恐《おそ》る恐る声を掛けるとスノウが肩を震《ふる》わせて。

「……確か、その魔導石はトラ男からの貰い物《もの》だったな。なら、それを渡《わた》してボーナスが貰えるのなら、ハイネは得した事になるんじゃないか？」

「あんたいきなり何言ってんのさ！　最後の干し肉を分け合ったあの日の夜、あたいの事を初めて出来た魔族の友人だって言ったじゃないか！」

…………………。

「この状況《じょうきょう》では抵抗するだけ無駄《むだ》だろう！　だったら魔導石を譲《ゆず》って分け前を貰った方が賢いではないか！　タダで貰った魔導石なんだからケチケチするな！」

「コイツ、最低な開き直りしやがった！　だから人間は信用出来ないんだよ！　よく考えてみればお前が強欲《ごうよく》なせいで、トリスの王子にあれだけ媚《こ》びるハメになったんだ！　金に汚《きたな》いところをどうにかしろよ！」

三日も経てば元《もと》に戻ると思ったが、どうやら一日も持たなかったようだ。

二人は睨《にら》み合《あ》いながら、互いに隙《すき》を覗い距離を詰《つ》める。

「おのれ、このクソ魔族め！　思えば最初に会った時から貴様が気に食わなかったんだ！」

「それはこっちのセリフだよ！　元魔王軍《まおう》幹部を舐《な》めるなよ！」

やがて取っ組み合いの喧嘩《けんか》を始めた二人を、ベリアルが呆《あき》れたように眺《なが》めながら。

「なあ六号、部下はちゃんと選んだ方がいいと思うぞ」

「それと全く同じ事を以前リリス様にも言われました」

5

アッサリと友情が壊《こわ》れた二人が喧嘩を続け、面倒《めんどう》になったベリアルが物理的に眠《ねむ》らせた、その翌日。

魔導石を巻き上げた俺とアリスは、通された応接室でリディアと対峙《たいじ》していた。

「今さら何しにやって来たの？　貴方《あなた》達にはガッカリだわ。私が王座に就くのは絶望的よ」

王子が魔導石を手に入れたと大々的に放送された事で、リディアの派閥《はばつ》はまるでお通夜のような有様だ。

深いため息を吐くリディアの前に、アリスが魔導石を差し出した。

「……これは最高クラスの魔導石。しかも赤い色という事は、ドラゴンを倒《たお》して来たの⁉」

魔導石を手に取って、マジマジと見詰《みつ》めるリディア。

「入手経路は企業《きぎょう》秘密だ。納品自体は遅《おそ》くなったが、王座を諦《あきら》めるにはまだ早い」

自信有り気なアリスの言葉にリディアが首を横に振《ふ》る。

「…………たとえ魔導石が手に入っても、今さら遅いわ。もうじき、王を決めるための選挙が行われるの。先に魔導石を手に入れた弟は、既《すで》に英雄《えいゆう》みたいな扱《あつか》いを受けてるわ。これを今から挽回《ばんかい》するには、弟がよほどの失態を犯さない限り不可能ね。……私がなんとしてでも王にならなきゃいけないのに……」

アリスに目配せをされた俺は一冊の本を差し出した。

この国の言葉で『悪の組織の選挙マニュアル』と書かれたソレは、元は日本語で書かれていた物だ。

本のタイトルから目を離《はな》せなくなったリディアに、俺は更《さら》なる攻勢《こうせい》を仕掛《しか》ける。

「我が組織が考案した票集めのマニュアルです。権力者に人気のレア本で、効果が実感できなければクーリングオフも受け付けます」

「この本の帯をご覧ください。推薦《すいせん》者はあのグレイス王国のティリス姫です。今、この本をお買いになると、オマケとして魔導石まで付いてきます」

俺とアリスの営業に、リディアは本を手に取り抱《だ》き締《し》めた。

期待に満ちた目でこちらを見るリディアに、俺達二人は最後のプレゼンを実施《じっし》する。

「これだけの品々が、今ならお値段据《す》え置《お》きの当初お約束頂いた報酬で手に入る！」

「そして、リディア姫だけの限定サービス！　このマニュアルに精通した我々が、選挙のお手伝いを致《いた》します！」

「お願いですから買わせてください！」

感極まったリディアは、迷う事なく即《そく》買いした――！


【グルネイドの国王選挙まであと十日】


借りていた宿を勝手に事務所代わりにした俺達は、早速行動を開始した。

宿の店主が迷惑《めいわく》そうな顔をしていたが、アリスが多めに金を払《はら》ったので選挙の間だけ見《み》逃《のが》して欲しい。

リディアの部下も当然選挙活動は行うが、俺達とは事務所を別にしてある。

「各員、マニュアルの中身は頭に入れたか？　もし裁判になったとしても、自分が弁護士に立って必ず無罪を勝ち取ってやる。保釈《ほしやく》金も払ってやるし、活動中は高額報酬を約束しよう。なので選挙活動に勤しんでくれ」

「こういうのは大の得意だ、任せとけ！」

事務所で行われたアリスの激励《げきれい》に、やる気に満ちたスノウが言葉を返す。

「あ、あたいだって元は魔王軍の幹部なんだ。たとえどんな手を使ったとしても、絶対に勝ちを摑《つか》みに行くよ！」

そんなスノウに対抗《たいこう》心を燃やすハイネが強く拳《こぶし》を握《にぎ》り締めた。

「……隊長、もうあたしアジト街に帰っていいですか？」

「お前がアジト街に帰ったらツッコむヤツが居なくなるだろ。後でカロリーゼットやるから我慢《がまん》しろ」

やる気に満ちたりやる気が無かったり。

そんな事務所の様子をベリアルが、どこか懐《なつ》かしそうに眺めていた。


【国王選挙まであと八日】

《続いてのニュースです。先日、マディア王子が魔導石を手に入れた事がニュースになったのは記憶《きおく》に新しいかと思いますが、朗報です。先ほどリディア姫から、マディア王子が手に入れた物より、更に良質な魔導石を入手したと発表がありました。この発表を受けたマディア王子は、先に魔導石を手に入れた自分こそが王になるべきだと主張しており、リディア姫の今後の見解が注目されます――》
事務所の壁《かべ》に埋《う》め込まれた謎《なぞ》テレビからそんなニュースが流れてきた。
今のところ、テレビ局に関してはアリスが一手に握っている。

選挙活動というものはマスメディアを味方に付けた方が勝ちなのだ。

かといって、地道な草の根活動も大切な事は間違《まちが》いない。

俺はマスクを深く被《かぶ》ると、選挙活動を行うべく夜の街へと繰《く》り出《だ》した――


【国王選挙まであと七日】


盛り場にも人が減り、そろそろ深夜になろうかという時間帯。

「おう兄ちゃん、飲んだ帰りかい？　ちっと聞きたい事があるんだけどよ。あんたマディア王子とリディア王女、どっちに投票する気なんだ？」

「ヒッ⁉　え、ええと……僕はマディア王子に入れるつもりですが……」

酒場帰りと思われる青年の答えを聞いて、俺はうんうんと頷《うなず》いた。

「そいつは良かった！　もしリディア王女に入れるなんて言ってたら、今頃《いまごろ》兄ちゃんは大変な事になっていたよ。そうだよなあ、リディア王女が王になったら、俺みたいなのは仕事がやり難くなって仕方がねえや！」

「は、はあ……」

《悪行ポイントが加算されます》

困惑《こんわく》する青年の胸元に、俺は拳を突《つ》き付けると。

「兄ちゃんの友達にも言っといてくれや。投票するのはマディア王子。リディア王女には死んでも入れるな、ってな」

「…………わ、分かり……ました」

《悪行ポイントが加算されます》

青年が頷くのを確認すると俺はその場を後にする。

今頃は他のヤツらも選挙活動に勤しんでいるのだろう。

俺は次の標的を探すべく、今夜も夜の街へと繰り出していた——

【国王選挙まであと六日】

《続いてのニュースです。先日行われた記者会見で、『姉弟《きょうだい》で王位争いをする事自体が間違っている。そのような事に使うお金があるのなら国民のためにこそ使うべきだ。弟が善政を敷《し》いてくれると言うのなら、私は選挙を辞退しても構わない』とリディア姫が述べられました。自分こそが王になるべきだと主張するマディア王子とは真逆の反応を見せており——》

俺が活動するのは主に夜なので、それまでは事務所で待機だ。

テレビの前でニュースを聞いていると、忙《いそが》しそうなアリスが言ってきた。

「今のところは順調だ。スノウが警察に捕《つか》まったが、アイツが欲《よく》を出さなければすぐにでも保釈されるはずだ」

「………………。つまり、スノウはここでリタイアって事？」

「そういう事だ」

スノウは良い仕事をしてくれた。

俺もアイツを見習わなければ――

【国王選挙まであと五日】

「スノウが黙秘《もくひ》を貫《つらぬ》いてるそうだ。これで向こうの陣営《じんえい》にかなりのダメージを与《あた》えられる。買収したテレビ局にもリークした。明日《あした》のニュースが楽しみだな」

「黙秘日数が一日経つごとに報酬《ほうしゅう》がどんどん増えてくんだろ？　それって下手したら、選挙が終わっても黙秘を続けて出て来ないんじゃないのか？」

俺が疑問に思っていると、突然《とつぜん》事務所のドアが開かれる。

事務所に慌《あわ》てて駆《か》け込《こ》んで来たのは息を切らしたロゼだった。

「隊長、大変です！　ハイネさんがお巡《まわ》りさんに捕まりました！」

「やったぜ！」

「さすがハイネだ、よくやった！」

報告に喜び喝采《かっさい》を上げる俺達に、ロゼが胡乱《うろん》な視線を向けてくる。

スノウに続いてハイネもか、俺も本気を出さないと。

《続いてのニュースです。マディア王子に入れなければ酷《ひど》い目に遭《あ》わせるなどと、有権者が脅《おど》される事件が多発しています。事態を重く見た当局はマディア王子の関係者に事情を聞こうとしていますが、『これはリディア陣営が仕組んだ罠《わな》だ、我が陣営は何もしていない』とマディア王子が当局の介入《かいにゅう》を拒否《きょひ》しており――》

【国王選挙まであと四日】

《続いてのニュースです。先日逮捕《たいほ》されたマディア王子の後援《こうえん》者と思われる白髪《はくはつ》の女性についてですが、多数の住人が『マディア王子に投票してくれれば金をやると言われた』と証言しているにもかかわらず、女性は未だに黙秘を続けております。マディア王子はこの件について、『ウチの陣営に白髪の女なんて所属していない、そんな女は知らないし、リディア陣営の関係者だ』と発言し、現在波紋《はもん》を広げております。続きまして、同様の事件を起こした魔族《まぞく》の女性が逮捕された件についても――》

「ロクゴーッッッ！　居るんでしょうロクゴー！　こんな卑劣《ひれつ》な罠を仕掛けて恥《は》ずかしくないの⁉　ドアを開けないと蹴破《けやぶ》るわよ！」

事務所の外から罵声《ばせい》が響《ひび》く。

ドアの前に待機した俺はカメラの位置を確認すると、裏口からロゼを使いに出した。

「警察が駆け付けるまで五分ほどだ。いい絵を頼《たの》むぞ、カメラマン」

アリスの言葉に親指を立てて頷くのは、以前アデリーに同行していたカメラマン。

フリーランスだというこの男は、アリスが大金を積んで雇《やと》い入れた。

「あくまでも出て来ないというのなら、私は正義を行使する！　必ッ殺ッッッッ！」

全身に力を込めて、衝撃《しょうげき》に備え構えを取る。

「鈍色《にびいろ》の雷鳴《らいめい》――ッッッッ！」

「ぐはあッ！」

入口のドアが蹴破られると同時、構えていた両腕《りょううで》に衝撃が走り吹《ふ》き飛《と》ばされた。

「おい六号、大丈夫《だいじょうぶ》か！　傷は深いぞ、しっかりしろ！」

「ぐっ……！　アリス、すまねえ……。俺はどうやらここまでだ……。卑劣なマディア陣営になんて、負けるんじゃねえぞ……」

「⁉⁇⁉⁉⁇⁉⁉」

俺とアリスの小芝居《こしばい》に、ドアを蹴破ったままの体勢でアデリーがパニックに陥《おちい》っている。

そして、器物損壊と傷害事件の犯行現場を――

「ままま、待って、止めて撮《と》らないで!?　これはわざとじゃなくて事故……」

躍動《やくどう》感溢《あふ》れるカメラワークにアデリーが慌てて釈明《しやくめい》するが、スクープ映像に興奮しているカメラマンの耳には届かない。

と、その時だった。

「お巡りさん、こっちです！」

「おい、そこで何をやっている！　……って、またマディア陣営の関係者か！」

「!?」

タイミング良く到着《とうちやく》したお巡りさんに、アデリーが何かに気付き絶叫《ぜつきよう》した。

「ロクゴ――――ッッッッッ!!」


【国王選挙まで、あと……】

《先日逮捕された、住所不定、職業使徒を自称《じしよう》するアーデルハイト容疑者ですが、マディア王子が関係者である事を認めたようです。当局が容疑者について調べたところ、過去にグレイス王国で問題行動を起こして、何度も拘留《こうりゆう》されていた事が判明し――》

事務所でニュースを聞きながら、俺は選挙結果が発表されるのを心待ちにしていた。

「投票前日に行われたアンケートによる支持率調査では、リディア姫《ひめ》が72%、マディア王子が11%、その他が17%だったとさ」

読み上げられた支持率に事務所の空気が弛緩《しかん》する。

「これならよっぽどの事が無い限り大丈夫そうだ。しかし今回は思いの外うまくいったな。本当ならこの後ベリアル様の出番が控《ひか》えてたのに」

相手陣営への妨害《ぼうがい》工作が予想以上にうまくいき、俺やベリアルの出番が無くなった。

本来であれば、王子の関係者を装った俺が住人を脅し、そこに通り掛《か》かったベリアルが俺を追《お》い払《はら》うという計画だった。

王子に票を入れろと住人を脅していた犯罪者を、リディアの関係者が撃退《げきたい》したと宣伝するのだ。

「あたしの事なら気にしなくても大丈夫だ。それに、相手陣営への妨害や嫌《いや》がらせの数々は、見てて何だか懐《なつ》かしかったからな。昔、ヒーローが国政に打って出るって聞いてキサラギ総出で妨害したのを覚えてるか？」

「そういやそんな事もありましたね。妨害が予想を超《こ》えてうまくいったせいで、調子に乗ったリリス様が本気で立候補して最下位になってましたっけ」

立候補するには供託金《きょうたくきん》という金が要る。

ある程度の票数を得られればこの金は返ってくるのだが、票が足りなかったリリスは供託金を没収《ぼっしゅう》され泣《な》き喚《わめ》いていたのを思い出した。

「でもアレって確か、ベリアル様が改造手術を受ける前の話じゃありませんでしたっけ。改造手術後の記憶《きおく》しか無いと思ってましたが、結構覚えてるものなんスね」

俺の何となくな問い掛けに、ベリアルは小さく笑い、肩をすくめた。

既に王子陣営は虫の息だ、誰が王になるかは見えている。

勝ちを確信した俺達は、心穏やかに待ち続けた、その結果――

――なぜか、ナディア姫が王に選ばれてた。

幕間④　――彼と仲間の大事な記憶――

「ごめんね、僕とした事が取り乱したよ。それじゃあ、もう少しだけ時間を進めて……いや、この治療《ちりよう》は続けてもいいのかなあ。何か、大変な事になる気がする……」

そう言いながらリリスが悩《なや》み込む。でも、ここで治療を止められるのは少し困る。

後少しで、何か大切な事を思い出せそうなのに――

「まあいいや。大変な事になるのはどうせいつもの事だからね。どうせやるならとことんまで行っとこう。薬剤《やくざい》をもうちょっと追加するね」

――やっぱり治療はここまでにした方がいいのかな……。

「おっと、不安そうにしなくても大丈夫《だいじようぶ》さ。僕の知能の高さはキミがよく知ってるだろ？」

リリスの知能をよく知ってるからこそ、不安になってきたのだけれど……。

「おや？　僕に対して遠慮《えんりよ》が無くなってきた頃《ころ》のゆかりの記憶《きおく》が戻《もど》りつつあるね。それじゃあ次は、楽しかった事を思い出してみようか。キミにとって大事な時間と出来事だ。たとえばほら、僕に関してとか色々あるだろ？」

何かを期待するかのようにリリスが答えを待っている。

楽しかった事……。楽しかった事といえば、彼がキサラギに入社してからしばらく経つと段々遠慮が無くなってきて、アスタロトと顔を合わせる度に喧嘩《けんか》していたっけ。

間に入って止めようとするも、リリスが余計な事を言って更《さら》に喧嘩が過熱したり。

キサラギはまだ小さな会社で苦労が絶えなかったけど、毎日が楽しかった。

ああ、リリスの事も思い出した。そう、確かアレは……。

「うん、確かアレは？」

選挙……。私達が中規模の組織に育った頃、キサラギを脅威《きょうい》に感じたヒーロー達が国政に打って出た事があった。

私達を法でがんじがらめにして、合法的に力を削《そ》ごうとしたのだけど……。

「ああ、そんな事もあったね。キミは僕が提案した選挙運動に抵抗《ていこう》を覚え、なかなか踏《ふ》ん切《ぎ》りが付かなかったね。そういう甘いところは本当アイツにそっくりだよ」

そうだった。根が小心者の彼は大きな悪事に手を染められず、よく二人で相談したっけ。

「記憶を失ったからと言って、過去の罪まで無かった事には出来ないよ。さあ、思い出すんだ。キミには一体何が見える？」

期待に満ちたリリスに向けて、思い出した出来事をそのままに——

「供託金《きょうたくきん》を全部取られた時の、リリスの泣き顔が忘れられない」

「それは忘れていいんだよ！」

最終章　頼れる上司であるために

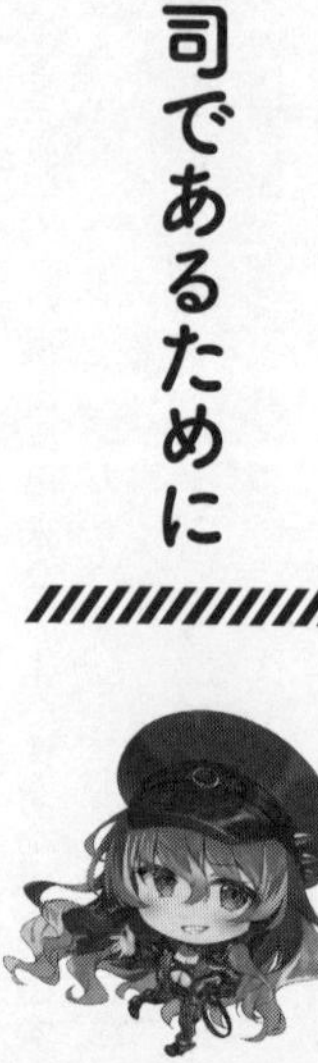

1

グルネイド近くの森の中。

テントを張り終えた俺は、焚《た》き火《び》に薪《まき》を放り込みながらアリスに言った。

「薄々《うすうす》気が付いてはいたけれど、トラ男さんはバカだと思う」

「キサラギにバカ以外の人間がいるとでも思ってんのか。ちなみに自分はアンドロイドだからノーカンだ」

なら俺だって改造人間だからノーカンだ。

それにバカ以外居ないというのは言い過ぎだ、最後の砦《とりで》としてアスタロトが……。

「悪の組織を作って世界征服《せいふく》しようなんて言い出したアスタロト様はバカの筆頭だからな。

ちなみにリリス様は二番目にノミネートだ」

「止めろよ、言いたい事を先読みすんな。俺達のリリス様がぶっちぎりで一番だろ」

と、俺とアリスがそんな事を言い合っていると。

「二人ともそんな事言ってる場合ですか！　このメチャクチャな状況《じょうきょう》を、これからどうやって収拾するんですか⁉」

――ノーマークだった第二王女、ナディア姫《ひめ》が王位を得た。

なぜこんな事になったかというと、俺達の悪行が全て明るみに出たからだ。

魔導石強奪《まどうせきごうだつ》の犯人トラ男は、俺達の関係者である事。

グルネイドに手紙を送り、トラ男による魔導石強奪をヒイラギに擦《なす》り付《つ》けようとした事や、対抗陣営《たいこうじんえい》の評判を落とすための自演工作まで、全てをトラ男本人にバラされた。

なぜそんな事をしてくれたのかというと――

「俺は正直トラ男さんの事を舐《な》めてたよ。にゃんにゃん言いながらロリを愛でるだけの変態だってな。それがまさか、自らを顧《かえり》みず命懸《いのちが》けでロリっ子を救うだなんてな」

「それに関しては自分のミスだな。トラ男があそこまでやるとは思わなかった。巨大化《きょだいか》は追い込まれた怪人《かいじん》がヒーローを道連れにするための切り札だが、使えば寿命《じゅみょう》を削《けず》る大技だ。しかもそこまでやった後、お姫様を女王にするためにまさかの自首だ。正直自分もトラ男の事を舐めてたよ、アイツはロリコンの中のロリコンだ」

トラ男はナディアを王にするため、怪人の切り札である巨大化を使い、ミドガルズ山脈に住む最上位ドラゴンから魔導石を強奪。

その後、魔導石をナディアに渡《わた》した上で堂々と自首をして、俺達の仲間である事を明かし捕《と》らわれた。

おかげで俺達を引き込んだリディアの支持率は最下位となり、あまりパッとしなかった王子も支持率の回復とまではいかず、そして……。

「まさかラッセルさんまでナディア姫を応援《おうえん》するとは思いませんでしたよ。アレでほとんど決まっちゃいましたもんね」

現在ナディアの身辺はラッセルが守りに就いている。

アイツはトラ男に感化されたのか、率先して選挙活動を手伝っていた。

美少女メイドが幼いナディアを助けている絵面は民衆に受けが良かったらしい。

そしてトドメを刺《さ》したのは、王子陣営のアデリーが、あの美少女メイドは男の子だと大々的に公表した事だろう。

それにより、なぜか女性層からの支持率が急上昇《きゅうじょうしょう》しこんな結果になってしまった。

一応ラッセルもキサラギ関係者のはずなのだが……。

「幼女と美少年メイドの欲張《よくば》りセットだ、そりゃあ強いさ。民衆からすれば国のトップなんてお飾《かざ》りなんだ。誰《だれ》が王位に就いたって日々の暮らしに違《ちが》いはないからな」

「グ、グレイス王国はまだマシだと思いたいです。ティリス様は色々言われてますけど、何だかんだで国民には人気ですし……」

達観したアリスの言葉にロゼが複雑そうな表情で口籠《くちご》もっている。

「しかし、トラ男もラッセルも一体何考えてやがるんだ。それに、ナディア姫が庇《かば》ったところでトラ男が処刑《しょけい》されるのも時間の問題だろうな。自首したとはいえやらかした事がシャレにならねえ」

「トラ男さんは自業自得だから放置でいいけど、スノウやハイネが捕《つか》まってるから帰るわけにもいかないしなあ……」

「トラ男さんもちゃんと連れて帰ってあげましょうよ……」

アリスが珍《めずら》しく悩《なや》み込むぐらいに今の状況は詰《つ》んでいた。

それに、俺達がこんな所でキャンプの用意をしているのにも理由がある。

早速ロゼが何かに気付き、茂《しげ》みの方に視線を向けた。

ガサガサと音が鳴り、茂みを掻《か》き分《わ》け現れたのは……。

「野生の悪行ポイントをゲットしたぞ！　おい六号、早速ポイントに換えてくれ！　他にも沢山《たくさん》いたけれど、取りあえず持てるだけ持って来た！」

「捕虜《ほりょ》を悪行ポイント呼ばわりするのは止めましょうよ。さすがの俺も引くっスよ」

どちらの派閥《はばつ》かは知らないが、ベリアルが四人の追っ手を捕獲《ほかく》してきた。

俺達は今、ブチ切れた両陣営に追っ手を放たれ、こうして森に潜伏《せんぷく》している。

普通に考えれば国に追われるという危機的状況なのだが、この人にとっては両派閥の兵士達もボーナスポイントにしか見えていないのだろう。

というかポイントに換えてくれって、ワイヤーでグルグル巻きにされたコイツらを拷問《ごうもん》でもしろってか。

――と、アリスがベリアルに向けて頭を下げた。

「ベリアル様、わざわざ地球から援軍《えんぐん》に来てもらっておいて申し訳ねえ。今回の諸々は自分のミスだ」

「ア、アリスさん？」

いつになく殊勝《しゅしょう》なアリスの姿にロゼが思わず動揺《どうよう》する。

「こんなメチャクチャな流れになるのはさすがに予想外だった。こうなったら責任取って、グルネイドの中心部で自爆《じばく》してくる」

「おいやめろ、行くんじゃない。自爆は禁止って言っただろうが」

行かせまいとアリスの襟首《えりくび》を掴《つか》んで引き留めていると、ベリアルがクスッと小さく笑い。

「アリスは賢《かしこ》いから難しく考え過ぎなんだ。もっと簡単で良いんだよ」

そう言ってアリスの頭をかいぐりながら、気楽そうな笑みを浮《う》かべた。

現状をちっとも理解してないベリアルを、アリスは頭を撫《な》でられるがままに見上げると。

「……そうは言ってもベリアル様、今の状況はメチャクチャだ。トラ男やラッセルは何を考えているのか分からねえし、留置場に居たスノウとハイネも人質として捕らわれてるだろう。いがみ合っていた王子と王女も今だけは手を結ぶはずだ。つまりキサラギは、トラ男の裏切りに加えて人質も取られ、法制機関ヒイラギとグルネイドを相手取る事に」

そこまで言い掛《か》けたアリスに向けて、ベリアルは片手を突《つ》き出《だ》し遮《さえぎ》った。

そして、全て分かっているとばかりに頷くと、

「それがどうした。全部まとめてぶっ飛ばせばいい」

「…………………。」

「おい六号、ベリアル様の説得を手伝ってくれ。現在のこんがらがった知恵《ちえ》の輪みたいな状況は、説明するのに時間が掛かる」

俺は、自信に満ちたベリアルと困惑《こんわく》するアリスを見ながら気が付いた。

「そうだよ、ベリアル様の言う通りだ。俺達は何をチマチマ悩んでいたんだ」

俺が止めると思っていたのかアリスが不思議そうにこちらを見上げる。

「……六号？」

「ベリアル様の言う通り、俺達は難しく考え過ぎなんだ。そもそもトラ男さんの悪事を隠《かく》そうとしていたのはどうしてだ？　この国と戦争するのはまだ早いからだ。法制機関ヒイラギと揉《も》めるのを避《さ》けてたのもどうしてだ？　あいつらと事を構えるのは早いからだ」

それを聞いたアリスは未だベリアルにかいぐられながら、ほんの一瞬《いっしゅん》だけ悩み込むと。

「……ベリアル様がいる今なら、二ヶ国を相手にしても互角《ごかく》に渡り合えるって事か。……そうだ、トラ男がキサラギの一員だと自供したからって何なんだ。全ては自分達の自作自演だとしても何なんだ。自分達は悪の組織だ、開き直ればいいだけだ。それでも向こうがやるって言うなら堂々と受けて立てばいい！」

「おう、俺達はベリアル様を後ろ盾《だて》に、強気で交渉《こうしょう》に出ればいい。俺達が送り出した戦《せん》闘《とう》員共も、ベリアル様が暴れた都市を脅《おど》して従わせただろ？　なら、ここは圧迫《あっぱく》外交一択《たく》だ。そういう事ですよね、ベリアル様！」

さすがは俺達の最高幹部、こんがらがった今の状況も……！

「残念、ハズレ！」

そう言ってケタケタと笑うベリアルに、なんでやねんという想いを抱《いだ》いていると。

「お前らはまだややこしく考えてるな。キサラギは世界征服を狙《ねら》う悪の組織だ。なら、敵に対してやる事と言ったら一つだろ？」

黙《だま》り込んだ俺達に、ベリアルは楽し気に笑みを浮かべて宣言した。

「侵略《しんりゃく》だ！」

2

人々が眠《ねむ》い目を擦《こす》りながら起き出す頃《ころ》、グルネイドの街中に盛大な爆音《ばくおん》が響《ひび》いた。

家から飛び出して来た住民達が辺りを見回し騒《さわ》ぎ出す。

「な、何だ!? ドラゴンの襲撃《しゅうげき》か!?」

「この街はミドガルズ山脈に守られてるんだ、ドラゴンが襲《おそ》ってくるはずがない！」

「でも、この間も宿屋の前で爆発騒ぎがあったらしいぞ？」

「その爆発って、確か赤い髪《かみ》の女が魔法《まほう》を使ったって話じゃあ……」

憶測《おくそく》を立てる住民達が、続いて聞こえてきた声に固まった。

《グルネイド王国の皆《みな》さん、おはようございます！　我々は悪の組織、秘密結社キサラギだ！　グルネイド王家の連中に告ぐ！　今から五秒以内に時計塔《とう》に来い！　時間内に現れ

ない場合、経過時間一秒毎にこの街の建物を焼いていく！》

「いきなり何て事言うんですか、五秒以内は無茶っスよ！」

俺は無理難題を吹《ふ》っかけるベリアルから拡声器を奪《うば》い取《と》る。

――ここは街のド真ん中に立つ時計塔の最上階。

街に侵入を果たした俺達は、グルネイド王家に対し酷《ひど》い要求を突き付けていた。

「まあ落ち着け、これはリリスに教えて貰《もら》った交渉術だ。最初に無茶な要求を突き付けて、その後難易度を落とした本命の要求を出すんだよ」

「なるほど、ちゃんと考えてたんスね。それはすんませんした」

確かに商売なんかでも、最初に高値を吹っ掛けて、その後値下げしてお得感を出すのはよく聞く手法だ。

俺が差し出した拡声器を受け取ると、ベリアルが声を張り上げた。

《とはいえ五秒以内というのは無茶が過ぎた、こちらも少しだけ譲《じょう》歩《ほ》してやる！　あと十秒以内に出て来なければ》

ベリアルから再び拡声器を奪い取ると、ふと時計塔の下が騒がしくなった。

アリスと共に下を覗《のぞ》けば――

「ベリアル様、なんかいきなり王族の一人が現れたっス。あと十秒に間に合いましたね」

「だろ？　あたしはリリスと違って無理な事は言わないからな」

理不尽《りふじん》さに関してはリリスを超《こ》えている時があると思うが黙っておく。

塔の下には、こんな朝早くから俺達の捜索に向かうつもりだったのか、多数の兵を連れたリディアがこちらを睨《にら》み上げていた。

「なあ六号、なんか目付きの悪い女があたしを睨んでるんだけど」

「あれはこの国の第一王女、リディア姫っス。睨まれるのはしゃーないっスよ、早朝から国民を叩《たた》き起《お》こした挙げ句、国を脅迫《きょうはく》してるんですから」

まあその代わり、俺達も悪評をバラ撒くぞと脅されたんだけど。

ふんふんと頷いていたベリアルは拡声器を受け取ると、塔下に向かって呼《よ》び掛けた。

《お前がリディアとかいうバカ女か！　今からぶん殴《なぐ》ってやるからこっちに来い！　さもなくばこの街を焦土《しょうど》にする！》

「こ、この無礼者！　突然《とつぜん》現れたかと思ったらいきなり何を言っているの!?　どこの馬の骨とも分からない平民風情が、この私を一体誰だと……！」

ベリアルと言い合いを始めたリディアを横目に、俺はロゼへと合図を送る。

「あのう……最後にもう一度確認しますが本気ですか？　これやっちゃうと、もう後に引けないと思うんですけど……」

「既《すで》に後に引けない状況《じょうきょう》なんだよ。それにベリアル様が言ってたろ？　そいつらは野生の悪行ポイントだって」

ロゼが引っ張ってきたのは、森で俺達を追い掛けていた捕虜の四人だ。

《あたしの家は古くから代々続く名家だぞ！　こんなしみったれた国の田舎《いなか》王女が生意気言うな、ぶっ飛ばすぞ！》

「我が国に対しての無礼な物言い、許せないわ！　時計塔の扉《とびら》を破りなさい！」

ヒートアップしている二人をよそに、俺達は縛《しば》り上げた捕虜を窓際へと歩かせた。

ベリアルに対して大声で喚《わめ》いていたリディアが、捕虜達の顔を見て固まった。

《この連中に見覚えはあるか？　あるなら、そっちの捕虜と交換《こうかん》だ。見覚えがないのであれば、使えないコイツらはここから落とす！》

《悪行ポイントが加算されます》

「さすがは本物の最高幹部だ、リリス様とは気合いが違うぜ」

「なあアリス。命令聞いてるだけの俺にまで悪行ポイント入ってるんだが、本当にベリアル様に任せて良かったのか？」

顔を青ざめさせて口をパクパクしていたリディアが、両手を上げて訴《うった》えた。

「こ、こんな街のド真ん中で、本気でそんな事しないわよね？　まずは話し合いましょう。

確かにその内二人は私の部下よ。でも」

リディアが何かを言い終わる前に、ベリアルが捕虜の一人の襟首を片手で摑み、塔の窓からぶら下げた。

《聞いたのは見覚えがあるかどうかだけだ！　今から三十分だけ待ってやる。とっととウチの部下を連れて来い！》

《悪行ポイントが加算されます》

「わ、分かったわ！　交換に応じるから、落とそうとするのは止めて！」

多少腹黒くとも根は箱入り王族のリディアは、慌《あわ》てた様子で自分の兵に指示を出す。

「あの姫さんはまだまだだな。民衆が見ている前だからってのもあるんだろうが、悪党の脅し交渉に応じやがった。これがティリスだったなら、無理矢理に涙《なみだ》の一つでも流しながら、王族として決して悪には屈《くっ》しませんとか言って見捨てただろう」

「ティ、ティリス様はそんなに酷い人じゃありませんよ多分！」

「本気でそう思うのなら、せめて多分は付けないでやれよ」

と、一人の兵士が城に駆《か》けて行くのを見送っていたリディアがこちらを睨み上げた。

「さあ、これでいいかしら？　満足したならその人を解放してあげなさい。……ちなみに一つ言っておくわ。その四人の内、私の部下は二人だけ。そして、貴方《あなた》がぶら下げているその人は部下ではないわ。でも、私はこの国の王女として」

《ならコイツは要らないな》

《悪行ポイントが加算されます》

「きゃあああああああああああああああああああああああ！」

リディアに最後まで言わせる事なくベリアルが捕虜《ほりよ》から手を離《はな》す。

猿《さる》ぐつわを噛《か》まされワイヤーで拘束《こうそく》されていた捕虜が、目に涙を浮《う》かべて落下した。

リディアが悲鳴を上げる中、拡声器を放り出したベリアルが俺の腰《こし》からナイフを奪う。

落下する捕虜に向け、窓から思い切り身を乗り出したベリアルが振《ふ》り被《かぶ》り――

「きゃああああああああ……ああ……あああ……っ！」

投げ放たれたナイフは、落下中の捕虜を傷付ける事なく襟首《えりくび》だけを正確に貫通《かんつう》し、石で出来た塔の壁面《へきめん》に突き立《た》った。

地上スレスレで塔の壁《かべ》に縫《ぬ》い付けられた捕虜が泡《あわ》を吹いて気を失う中、悲鳴を上げていたリディアが腰を抜《ぬ》かしてへたり込む。

それまで殺気立っていた兵達がその離れ技《わざ》を見て呆然《ぼうぜん》と佇《たたず》む中、ベリアルは放り出した拡声器を拾い上げると。

《お前の部下はどいつなんだ？　無関係のもう一人も今から解放してやるよ》

「落とさないで普通《ふつう》に返して！　部下じゃなくてもウチの大切な国民だから！　それと、お願いだから最後まで聞いて！」

3

捕虜の引《ひ》き渡《わた》しは街の外で行われる事になった。

ベリアルに散々引っ掻《か》き回されたリディアはこれ以上街の中で交渉するのは避けたかったのだろう、向こうが指定してきたのは崖《がけ》を背にした荒野《こうや》だった。

見通しのいいこの場所なら、わざわざ崖に登らない限りは奇襲《きしゅう》もされない。

「ベリアル様のおかげでトントン拍子《びょうし》に話が進みましたね。これならスノウさんとハイネさんを取り返す事が出来そうです」

捕虜を拘束しているワイヤーを握《にぎ》り先導しながら、ロゼが感心したように言ってくる。

さっきのベリアルの行動は、キサラギにとって模範《もはん》的と言えるものではあるが……。

「お前最近、だんだん悪事に抵抗《ていこう》が無くなってきたな。昔出会った時みたいなピュアで良心的なロゼはどこ行ったんだ？　一応言っておくけれど、キサラギの幹部みたいにはなるんじゃないぞ？」

ロゼに褒《ほ》められ上機嫌《じょうきげん》だったベリアルが、俺の言葉に口を尖《とが》らせ。

「お前らがまずは交渉してくれって頼《たの》むから、ああして対話したんだぞ。あたしとしてはいきなり殴り込みでも良かったんだ」

「アレを交渉って言い張るのはベリアル様かリリス様ぐらいのもんですよ」

「隊長の交渉も大概ですよ？　先日のトラ男さんとの交渉を覚えてますか？」

──と、街の外で大人しく待っていた俺達の前に、無数の兵士を引き連れながら、怒《いか》り心頭《しんとう》な様子のリディアが先頭に立ってやって来た。

最後尾《さいこうび》の兵士が握るロープの先には、どこかホッとした表情のハイネと、不機嫌《ふきげん》さを隠《かく》そうともしないスノウが繋《つな》がれている。

捕虜の引き渡しを始めるため、リディアが何かを言おうと咳払《せきばら》いした、その時だった。

「アリス────────！」

縛られていたスノウが突然叫《とつぜんさけ》び、その場の皆が押し黙る。

ここ最近ハイネと友情を育んだりしたせいで、騎士《きし》の心を取り戻《もど》したスノウが私に構うなとでも言うのだろうか。

「私は最後まで黙秘《もくひ》したぞ！　更《さら》には、今日も留置場から出される時、このまま居させろと抵抗したのだ！　黙秘した期間分、報酬《ほうしゅう》が貰える約束を忘れるなよ！」

「……おう、よく頑張《がんば》ってくれたな、ご苦労さん。報酬には色を付けるよ」

この状況ですら報酬の心配をしているスノウに一瞬《いっしゅん》止まったアリスが小さく笑う。

「……コイツ、こんなんでも一応俺の部下なんですよ。

「なあ六号。こないだも言ったけど、本当に部下は選べよ？」

「キワモノしかいないキサラギの、最高幹部にだけは言われたくないっス」

と、呆気《あっけ》に取られた顔で成り行きを見ていたリディアが、やがて小さく震《ふる》え出す。

「ど、どこまで私をバカにすれば気が済むの……！　今の状況を理解してる？　キサラギの傭兵《ようへい》が強いという噂《うわさ》は聞いているわ。だからこそ、貴方達を雇《やと》ったのだから」

リディアが怒りを滲《にじ》ませ言《い》い募《つの》る中、足の拘束を解いて捕虜の背中を軽く押すと、俺に背を向けたまま駆けて行った。

それに合わせ、拘束を解かれたスノウとハイネも兵士達の間を通ってこちらへ向かう。

「でも、貴方達を雇った本当の理由は、我が国の兵士達が魔獣《まじゅう》との戦闘《せんとう》経験に乏《とぼ》しいからよ。……グルネイド王国はミドガルズ山脈がもたらす加護により、ドラゴン以外の魔獣が寄り付かない聖なる国よ。つまり、魔獣との戦いに慣れていないだけで、人型の相手に後《おく》れは取らないわ！　人質を取り返した以上……」

「おい」

不穏《ふおん》な事を言い出したリディアの言葉をベリアルは一言で遮《さえぎ》ると。

「人質を取り返した以上、もう遠慮《えんりょ》する気は無いから覚悟《かくご》しろよ」

「それは私が言いたかったセリフで……いい加減、私に最後まで言わせなさい！」

――激昂《げきこう》し叫《さけ》んだその瞬間《しゅんかん》、リディアの背後に立つ兵士達の足下が噴火《ふんか》したように盛り上がった。

轟音《ごうおん》と共に辺り一面が掘《ほ》り起こされ、高く打ち上げられた兵士達が悲鳴と共に、土砂に交じって降ってくる。

ただの人間が相手という事で、ベリアルも大分手加減したのだろう。

死に到《いた》る程の傷は負わせていないと思うのだが、捲《めく》れ上がった大地といい、死屍累々《ししるいるい》と横たわる兵士といい、そこに交じって倒《たお》れている逃《に》げ遅れたスノウ達といい、一見すると地獄絵図《じごくえず》のような有様だ。

兵士達の呻《うめ》き声がそこかしこから漏《も》れる中、耳を塞《ふさ》いで蹲《うずくま》っていたリディアが恐《おそ》る恐る振り返《かえ》ると――

「わ、わあああああああああ！　わた、私の部下が……兵士達が！」

《悪行ポイントが加算されます》

一切の予備動作も無しにベリアルから放たれた、手加減された小規模爆発《ばくはつ》。

それにより全ての兵士を無力化されたリディアが、理不尽《りふじん》な暴力の前に泣《な》き叫ぶ。

というかベリアルにくっ付いているだけなのに、俺にまで悪行ポイントが加算されるのは主犯みたいに思えてくるので止めて欲しい。

……と、悲嘆《ひたん》にくれたリディアの顔を見たベリアルは、真面目《まじめ》な顔でコクリと頷《うなず》き。

「グルネイド王国のリディアと言ったな。今からお前を一発殴る」

「なぜ⁉」

私兵をメチャクチャにされたリディアに、ベリアルが更なる追い討ちを掛《か》けた。

そういえばこの人に、脅し染みた交渉をされたと報告したんだった。

ベリアルはキサラギが舐められるのを嫌うから、思うところがあるのだろう。

アリスとロゼが爆発に巻き込まれた捕虜二人を回収する中、屈《かが》み込んだまま恐怖《きょうふ》で立ち上がれないでいるリディアにベリアルが拳《こぶし》を鳴らしながら歩みを進める。

そんな狙《ねら》ったかのような絶体絶命のタイミングで、聞き慣れた声が響《ひび》いた。

「そこまでよ！」

まるでヒーローのようなタイミングで崖の上から現れたのは、

「死ねえええええええええええええ！」

「あああああああああああああ！」

名乗りを上げる前にベリアルの放った飛び蹴《げ》りで足場を砕《くだ》かれ、崖上から転がり落ちてきたアデリーだった。

岩盤《がんばん》の崖を丸ごと砕くベリアルもメチャクチャだが、あの高さの崖から落ちて何事も無かったかのように立ち上がるアデリーも大概《たいがい》だ。

本人も、まさか何かを言う前に突然攻撃《とつぜんこうげき》されるとは思わなかったのだろう。

というかリディアといいアデリーといい、せめて最後までは言わせてあげて欲しい。

受けたダメージは軽いもののまだショックから立ち直れていないのか、アデリーは目を泳がせながら俺に対して指を向けた。

「そ、その……今回被害者《ひがいしゃ》である私が、どうしてこんな目に遭《あ》わされているのか分からないけれど、そこまでよ！」

白目を剝《む》いているウチの捕虜二人をズルズル引き摺《ず》るアリスを横目に、アデリーがこちらのリアクションを待っている。

「いきなり何て事するんですかベリアル様、アイツ大分テンパってますよ。ヒーローが登場した際の見せ場、あと、変身中や感動の場面では攻撃禁止って言われてたでしょう」

「ヒーロー相手じゃないからキサラギの戦闘ルールには違反《いはん》してないはずだ。でもアイツ、登場するタイミングがヒーローみたいで、なんか攻撃したくなるんだよ」

「ねえお願い、話を聞いて！」

何とか動揺《どうよう》を振り払《はら》ったアデリーがキッとこちらを睨《にら》み付け。

「ロクゴー、よくもこれだけの事をやらかしてくれたわね！　貴方《あなた》には言いたい事が山ほどあるわ！　でも、まずは私にごめんなさいって謝ってよ！　トラ獣人《じゅうじん》の罪をヒイラギに擦《なす》り付《つ》けた事を！　あと、相手の足を引っ張るのも選挙の内とは言え、アレは幾《いく》ら何でもやり過ぎだと思う！」

俺はそんなアデリーの罵声《ばせい》を受け、思わずベリアルと顔を見合わせた。

この状況《じょうきょう》でこちらを糾弾《きゅうだん》する根性は大したものだが、コイツはこれから自分がどうなるのかちゃんと理解しているのだろうか。

「私に向けてくるその失礼な視線は、バカを見る目ってヤツね。私だって、貴方達を相手に一人で戦いを挑《いど》む程無謀《むぼう》じゃないわ」

勝《か》ち誇《ほこ》った顔でそんな事を言ってくるアデリーだが、崖の上でポーズを決めようとして落っこちてきたヤツのセリフとは思えない。

「既にさっきの放送を聞いた王子が兵を率いて向かって来てるわ。私は貴方達の足留めをするため先行してやって来たのよ！」

　そんなアデリーの言葉を受けて、俺達は再び顔を見合わせた——

　——程なくしてアデリーが言った通り、兵を率いたマディア王子がやって来た。

　王子は俺達を見付けるなり、コメカミに青筋を立てながら罵声を浴びせる。

「貴様らが散々我が国を引っ掻き回してくれたせいで、最悪の事態になったではないか！　さあ、まずは我が部下を返して貰《もら》おう！　その上で、キサラギとかいう傭兵団をヒイラギと共に潰《つぶ》してくれるわ！」

　リディアが率いていた数程ではないが、王子もそれなりの兵を連れていた。

　だが……。

「……ん？　な、何だこの有様は……」

　今頃《いまごろ》になって辺りの惨状《さんじょう》に気が付いたのか、土砂に埋《う》もれて呻いているのが兵士と分かり、王子が戸惑《とまど》いを見せ——

「マ、マディア……」

　弱々しく呼《よ》び掛けてきたのが誰《だれ》だか分からず、王子が一瞬眉根《まゆね》を寄せる。

「あ、姉上!?　この惨状はどうしたのですか！　姉上の私兵は我が国の正規軍にも劣《おと》らない精鋭《せいえい》のはずでは……」

地面にへたり込み涙目《なみだめ》で憔悴《しょうすい》していたリディアに、王子がますます困惑《こんわく》を深める中。

「王子様、すいません。ちょっとこっち見てもらってもいいですか？」

俺が声を掛けてやると、ワイヤーで縛《しば》られ、足下に転がされたアデリーが声を上げた。

「わ、私は悪には屈《くっ》しない！　マディア王子、どうか貴方の正義を貫《つらぬ》いてください！」

「き、貴様は……貴様というヤツは……！　姉上をここまで追い込んだだけでは飽《あ》き足らず、アーデルハイト殿《どの》をこんな姿に……！」

姉とアデリーの姿を見て、これらの全てを俺がやったとでも勘違《かんちが》いしたのだろう、王子が怒りで声を震わせ顔を真っ赤に染め上げた。

というかこの人、リディアとは仲が悪いんじゃなかったか？

「……良いだろう、今回のところは国に帰るのを見逃《みのが》してやる。その代わり、アーデルハイト殿には指一本触《ふ》れるんじゃない」

王子はアデリーを人質に取られていると受け取ったのだろうが、そうじゃない。

スノウ達を回収した以上、俺達はもう人質なんて必要としていないのだ。

「いや、コイツが足留めだって言って突《つ》っ掛かってきたから縛り上げただけなんですが」

「おう、さっきからうるせえからとっとと持って帰ってくれ」

俺とアリスの言葉を聞いて王子が戸惑いの表情を浮かべながら、

「お前達は一体何がしたいのだ。姉上に味方したかと思えば完膚《かんぷ》なきまでに心をへし折り、我が部下を人質に取ったかと思えばアーデルハイト殿は返すと言う。正直言ってお前達の目的が見えて来ない」

「俺達だって好きでこんな事やってるわけじゃないんだよ。今回の騒《さわ》ぎの原因はウチの怪《かい》人《じん》、トラ男さんの暴走だからさ」

「おう。お互《たが》いに色々あったが、意識の違《ちが》いってヤツだ。全部水に流せとは言わねえが、魔王国《まおうこく》が滅《ほろ》んだ事でウチとグルネイドは隣国《りんごく》になったんだ。長い時間が掛かるだろうが、何とか妥協《だきよう》点を見付け出すってのはどうだ」

そんなアリスの提案に、何かを地面に叩《たた》き付けるような音が鳴る。

音のした方に視線を向けると、どうにか正気を取《と》り戻《もど》したらしいリディアが、手にした扇《おうぎ》を投げ付けていた。

「このまま終わらせるわけにはいかないわ！　なぜなら、私が王になるのだから！　妹のナディアは絶対にダメ！　それに、マディアにも任せられないわ！」

「あ、姉上……？」

突然《とつぜん》の豹変《ひようへん》ぶりに誰もが唖然《あぜん》と見守る中、注目を集めたリディアは。

「この国の成り立ちは知ってるかしら？　……いえ、誰も知るはずがないでしょうね。魔《ま》導石《どうせき》を一体何に使うのかも、その結果何が起こるのかも！」

焦燥《しょうそう》に駆《か》られ早口で捲し立《た》てるその姿は、どこか鬼気迫《ききせま》るものを感じさせた。

その迫力《はくりょく》に静まり返る中、リディアが悲愴《ひそう》感に満ちた顔で語り始める——

「かつて、この大地には大量の魔獣《まじゅう》達がひしめいていた。なぜなら、この地には他所《よそ》に比べて水が豊富に溢《あふ》れていたの。……かつての世界の人々は選択《せんたく》を余儀《よぎ》なくされた。魔獣が集まってくる代わりに水が豊富な水源の近くか、もしくは、比較的《ひかくてき》魔獣は少なくとも過酷《かこく》な荒野《こうや》で生活するかを。本来ならどちらもあり得ない選択よ。でも、太古に残されたアーティファクトがそれを可能に」

《悪行ポイントが加算されます》

リディア姫がそこまで言い掛け、皆《みな》が聞き入っていたその時だった。

悪行ポイント加算のアナウンスと共に何の前触《まえぶ》れもなく大地が捲れ、キサラギ関係者以外の皆が吹き飛《ふと》ばされる。

再び降り注ぐ土砂と悲鳴に、ベリアルが悪びれもせずに言い放つ。

「もう難しい話はうんざりなんだ、もっと簡潔に言ってくれ」

「前から思っていたんですが、ベリアル様は堪《こら》え性《しょう》が無さ過ぎっス」

4

スノウとハイネをロゼに任せ、俺達は城へと乗り込んだ。

俺達の後ろには、なぜかアデリーも付いてきている。

コイツ以外の連中は、王族も兵士も全員が当分起きそうにない。

スノウ達を街へと運ぶついでにロゼが役人を呼んでいたので、転がされた兵士達はそっちに丸投げしておいた。

ベリアルにメチャクチャにされた後だ、アデリーもおかしな事はしないと思うが……。

「ねえロクゴー、貴方達は城に乗り込んで一体何をするつもりなの？　目的が悪しきものなら、私としては見逃すわけにいかないのだけれど……」

「今回の騒ぎの黒幕に落とし前を付けさせるんだよ。お前も知ってるトラ獣人だ。結局、あの人が全ての原因だからな」

俺達の先頭を堂々と行くベリアルは、こちらに気付いて武器を構える兵士達を躊躇《ちゅうちょ》無く制圧していく。

次々と斬《き》り掛かっては返り討ちに遭う兵士を見ながら、アデリーが怖々《こわごわ》と。

「……ね、ねえロクゴー。私、今大変な悪事の現場に居る気がするわ」

「お前らだって他人事《ひとごと》じゃないんだ。ここまで来たら逃《に》がさねーぞ」

「というか呼んでもいねえのに付いて来たんだ。トラ男が抵抗《ていこう》したら手伝って貰うからな」

トラ男の強さを知っているアデリーが嫌《いや》そうな顔をするが、持ち前の正義感が勝ったらしく文句も言わず付いてくる。

ナディア姫が居るのは多分恐《おそ》らく最上階だ。

王様と正義の味方ってものは高い所が好きだと決まっているからだ。

——と、最上階へと差し掛かり、先頭を進んでいたベリアルが歩みを止めた。

見れば、おそらくはこの先に謁見《えっけん》の間があると思わせる豪勢《ごうせい》な扉《とびら》の前に、一人の男が立ちはだかっている。

「おい、邪魔《じゃま》だ。道を開けろ」

ベリアルの警告にも男は全く動じない。

重装鎧《よろい》を軽々と着こなすその姿と醸《かも》し出す雰囲気《ふんいき》に、道を塞《ふさ》いだその男は只者《ただもの》ではないと感じられた。

ベリアルには勝てないだろうが、恐らくこの星では上位に位置する存在だ。

「スノウ並みの剣《けん》の腕《うで》はありそうだ。それにあんな鎧を身に着け動ける程度に体力もある」

「ほう、お前さんがそこまで評価するとは中々だな。面白いものが見られそうだ」

俺とアリスのやり取りに、アデリーがコクリと頷《うなず》いた。

「あの人はこの国一の騎士《きし》にして、私ですら一目置く本物よ。多分貴方達も名前ぐらいは知っているはず。あの方の名は」

立ちはだかっていた男はベリアルに無言で殴《なぐ》られ吹き飛ばされた。

壁《かべ》に激突《げきとつ》したまま動かなくなった男をアリスが見下ろし。

「お前さんが一目置く、本物の名前を教えてくれよ」

「貴方の相棒だって高く評価していたじゃない！　あの人、私と試合をした時は互角《ごかく》の勝負だったのよ⁉　ほ、ほら、ベリアルさんに置いてかれるわよ！」

アデリーが慌《あわ》てて言《い》い募《つの》る中、ベリアルが扉を開けた——！


「トラさん、あーん」

「おっと、俺の口はプリン箱じゃないからそんなに何個も入らないにゃー。代わりにラッセルにゃんに分けてあげるにゃん」

煌びやかな王座が鎮座《ちんざ》する部屋の中で豪華《ごうか》な絨毯《じゅうたん》に寝転《ねころ》がり、ラッセルに膝枕《ひざまくら》されたトラ男が、幼女にプリンが載《の》ったスプーンを差し出されていた。

「……まあプリンは嫌《きら》いじゃないけどさ。言っとくけど、ボクは自分で食べられるからね」

そう言って幼女に手を差し出すラッセルは、ふと俺達の方に視線を向けて固まった。

突然フリーズしたラッセルに、トラ男も視線の先を追って固まった。

扉の前で呆然《ぼうぜん》と佇《たたず》む俺達とトラ男を交互《こうご》に見ながら、幼女がおずおずとこちらを見上げ。

「こんにちは……」

「やあお嬢《じょう》ちゃん、こんにちは。お兄さん達はトラさんに用があるから、お嬢ちゃんはこのお姉さんと遊んでいようね」

「えっ、わ、私!? ああ、ええと、分かったわ。正義の味方は子供の味方よ。私の多彩《たさい》な決めポーズを教えてあげるね」

幼女を押し付けられたアデリーが一瞬《いっしゅん》焦《あせ》るも、空気を読んだらしく快諾《かいだく》する。

トラ男への懐《なつ》き具合から見てこの幼女がナディアなのだろう。

アデリーに手を引かれ、何度もトラ男を振《ふ》り返《かえ》りながらナディアが部屋を出て行った。

扉が閉められたのを確認すると、ベリアルがふうと息を吐《つ》き。

「さて」

「死ぬ前に一つだけ、心残りがあるんですがダメですか？」

語尾《ごび》へにゃんも付ける事なくトラ男が正座し頭を下げる。

どうやら覚悟《かくご》を決めたらしいトラ男に、ベリアルが恩情だとばかりに頷いた。

「いいだろう、言ってみろ」

「俺が死ぬとナディアの身が危険に晒《さら》されます。あの子を保護して貰《もら》えませんか？」

こんな時ですらロリっ子の身を案じるトラ男に、ラッセルが慌てて声を上げた。

「ちょ、ちょっと、いきなり何だよ！　おいトラ男、死ぬって一体どういう事だよ！」

ラッセルとは初対面のベリアルが、不思議そうに首を傾《かし》げた。

「ベリアル様は初対面でしたね。コイツは女装が趣味《しゅみ》のラッセルです」

「ああ、リリスにちんこ見られたヤツか。趣味にとやかく言わないが、あたしにまでちんこ見せ付けるなよ？」

「いきなり何て事言ってくれるんだ！　女装はボクの趣味じゃないし、好きで見られたわけでもないよ！　……あ、あれ？　何だか震《ふる》えが止まらない……」

本能的にベリアルを危険視しているのかラッセルが小さく震え出す。

それでもトラ男の前に留《とど》まって必死に訴《うった》えるラッセルに、ベリアルが突然激昂《とつぜんげきこう》した。

「言い訳はみっともないぞ、趣味でもないのにそんな格好するわけないだろ！　あたしはどんな性癖《せいへき》でも差別しないから、もっと自分に胸を張れ！」

「ち、違《ちが》……！　本当にボクの趣味じゃ……」

なおも反論しようとしたラッセルのスカートを、ベリアルが勢いよく捲《めく》り上《あ》げた。

「お前、こんなショーツ穿《は》いといて趣味じゃないは通らないぞ。これ以上無理して強がるな。大丈夫《だいじょうぶ》だ、ちゃんと似合ってるし可愛いから自信を持て」

「全く話を聞いてくれない……」

ベリアルによしよしと頭を撫《な》でられながら、スカートの端《はし》を握《にぎ》り締《し》めたラッセルが涙《なみだ》目《め》で俯《うつむ》いている。

と、正座し俯いていたトラ男が顔を上げた。

「今、ベリアル様はどんな性癖でも差別しないって言ったにゃあ」

「……言ってない」

女装させた子供に膝枕をさせ幼女にプリン食わせて貰っていた変態は、どうやら起死回生の光を見出したらしい。

その変態は素早く立ち上がるとベリアルに指を突《つ》き付け逆ギレした。

「キサラギの最高幹部が前言引《ひ》っ繰《く》り返すのは卑怯《ひきょう》だにゃー！　ロリコンだって生きてるんだぞ、ちょっと幼女にプリン食わせて貰ったからって、処刑《しょけい》される程の罪なのかよ！」

「バカッ、お前は幼女を攫《さら》っただろうが！　最強の怪人《かいじん》のお前だから戦闘員《せんとう》の切り札として送ったのに、何で一番問題を起こしてやがる！」

喧嘩《けんか》を始めた二人に怯《おび》え、ラッセルが震えながらこちらを見てくる。

多分止めて欲しいのだろうが、最強の女幹部と最強の怪人なんて、平の戦闘員にどうにか出来るわけがない。

と、逆ギレ気味のトラ男がラッセルの肩《かた》を抱《だ》き寄《よ》せて、ベリアルを煽《あお》るように舌を出す。

「それにベリアル様も、さっきラッセルにゃんのスカート捲ったにゃん。キサラギに送る報告書に、ベリアル様が男の娘《こ》のスカート捲ってパンツ覗《のぞ》いたって書いてやるにゃー」

…………。

「お前、証拠隠滅《しょうこいんめつ》って言葉を知ってるか？　いつからあたしに勝てると錯覚《さっかく》したんだ？」

「勝てるだなんて思ってないにゃあ。でも俺なら、ベリアル様に殺される前にキサラギに色々送り付けるぐらいは出来るにゃー」

対峙《たいじ》したまま互《たが》いに隙《すき》を覗い始めた二人をよそに、この部屋に大勢の人が近付いてくる音に気が付いた。

「この部屋に誰《だれ》か向かって来てますよ。二人とも一旦《いったん》休戦にしませんか？」

「近付いてくる音には気が付いてるにゃん。聞こえてくる音からして人数は十人から十五人ってところで、多分全員武装してるにゃー」

「人数は十四人、一人だけ武器を持ってない。リディアって女が兵を連れて帰って来たな」

……………。

「そんな事も分かんねーのか、バーカバーカ！」

「最高幹部なんてやってるクセに、相変わらず大人げないにゃー！」

この二人の武闘派《ぶとうは》は互いに最強の名を冠《かん》しているからか、たまにこうして面倒臭《めんどうくさ》い。

「大体お前、何でこんなバカな事やったんだよ！　子供に対する性犯罪は死刑《しけい》だって知ってただろうが！」

「それについては説明しようとしたのに、あんた俺の話を聞こうともしなかっただろ！　あと、誓《ちか》って言うが俺は絶対に手は出してねえ！　にゃん！」

「そろそろ部屋に押し入ってくるぞ！　あんたらこんな時ぐらい仲良くしろよ！」

俺が二人を怒鳴《どな》ると同時に部屋の扉が開け放たれる。

ベリアルが予想していたように、押し入ってきたのは兵を連れたリディアだった。

室内をザッと見回したリディアは、何かに気付いて声を上げる。

「ナディアはどこ!?　絶対に傷付けたりしないから、あの子の居場所を教えなさい！」

「教えたとしてどうするつもりにゃ。王座を寄越《よこ》せって迫《せま》るんだろうにゃー」

突っ込《こ》んでくるトラ男をリディアはキッと睨《にら》み付け。

「そうよ、決まっているじゃない！　ナディアでもマディアでもない、この私が王にならないといけないの！　私が王になってもすぐに弟に代わるから、部外者はもう黙《だま》ってて！」

切羽詰《せっぱつ》まったリディアの叫《さけ》びに、アリスが違和感《いわかん》を覚えたようだ。

「すぐに弟に代わるってのはどういうこった。お前さんは何のために王になるんだ？」

アリスの冷静な問い掛《か》けにグッと息を呑《の》むと、感情的だったリディアは後ろにいた兵士を振り返った。

「……貴方達《あなた》は部屋から出て行きなさい。この方達に説明するわ」

一人には出来ないと反対する兵士達を、半ば強引に外へと押しやると、キサラギ関係者のみとなった部屋の中、リディアは憔悴《しょうすい》しきった表情で。

「貴方達には、今度こそグルネイド王国の成り立ちを聞いて貰うわよ」

掠《かす》れた声で呟《つぶや》くと、儚《はかな》げに笑い掛けてきた。

5

リディアから説明を受けた、アリスが言った。

「この国は代々アーティファクトで魔獣《まじゅう》を寄せ付けなくしていたんだが、その燃料に魔《ま》導石《どうせき》を使うんだと。石一つでアーティファクトを動かせる期間は約百年。で、そろそろ魔導石交換《こうかん》の時期になったんだが、石を交換するのは王様しか許されていない。だが、どうしても自分で石を交換したかったリディア姫は、王になりたいと駄々《だだ》を捏《こ》ねていたんだよ」

「要約すればその通りだけど、それだと私がバカっぽいからもうちょっとこう……」

十分近く続いたリディアの話を、アリスが二十秒で翻訳《ほんやく》した。

「そんなに石の交換がしたいならそれを素直に言えばいいじゃん。そうすりゃあんたの弟だって話ぐらいは聞いただろうに」

疑問に思って尋《たず》ねるも、リディアは寂《さみ》しそうに笑うのみ。

「石を交換したヤツは高確率で死ぬという、ビックリアーティファクトなんだそうだ。それで本来は、年老いた国王が最後の務めとして石の交換を行っていたらしいぞ」

「電池交換したら死ぬって一体どんな欠陥品《けっかんひん》だよ。漏電《ろうでん》でもしてんのか？」

「い、いえ、それについてはさっき散々説明したけど……」

……………ん？

「それってつまり、弟や妹を死なせたくないから自分が王になって、石の交換を終えて死ぬって言ってんの？」

「ずっとそういう説明をしてきたつもりなのだけど……」

それを聞いたキサラギ関係者達が揃《そろ》いも揃ってニヤニヤし出した。

「ははーん、お前ツンデレか。もうツンデレはあんまり流行《はや》んないぞ」

「言ってる意味が分からないけど、バカにされている事だけは理解出来たわ！」

しかし、そうなってくると話が変わるな。

「トラ男さんどうします？　ナディアにゃんをこのまま王様に就けとくんですか？」

「そんなわけにいくかにゃん。石を交換したいなら、リディアにゃんに任せるにゃん」

ロリ以外には本当に厳しいトラ男。

——と、ベリアルが謁見《えつけん》の間の奥に並ぶ王座を見付けた。

子供のように目を輝《かがや》かせたベリアルは、上機嫌《じようきげん》で王座へ向かう。

この人はリディアの説明が始まった時点で早々に理解を諦《あきら》め、一応あとで聞く気はあるのか、自分の代わりにICレコーダーをその場に置いていた。

本来であればこの国の王しか座る事の出来ない椅子《いす》に、ベリアルが躊躇《ちゆうちよ》無く腰掛《こしか》けた。

「ちょ、ちょっと！　貴方どこに座っているのよ！」

王様がいれば無礼討ちされてもおかしくない行為《こうい》に、リディアが驚《おどろ》き戸惑《とまど》っている。

いや本当、この人たまにビックリする事やらかすな。

「ベリアル様、ダメですよ。そこは偉《えら》い人が座る場所っス」

「あたしはキサラギの偉い人だろ。文句があるなら力尽《ちからず》くで下ろしてみろ」

いや、確かに王様になりたいみたいな事は言ってたが、自由過ぎるにも程があるだろ。

「トラ男さん、協力をお願いします。俺が右から押さえるんで、トラ男さんは左の方から」

「分かったにゃあ。この非常時に、ベリアル様は奔放《ほんぽう》すぎだにゃん」

王座から引き摺《ず》り下ろそうと近寄る俺達に、ベリアルがふんぞり返って命令した。

「そこの生意気な顔した平戦闘員よ。三秒で肉まんを献上《けんじょう》しなければ死刑とする」

「この人なんて事言い出すんだ。ほら、こんな所をお堅《かた》い兵士に見られたら大変ですよ」

「やっぱデカい女は最低にゃん。やっぱりロリが最高だにゃん」

王様ごっこを始めたベリアルは、トラ男に指を向けると、

「今、危ない発言したそこの獣《けもの》よ。何か気持ち悪いから死刑とする」

「上等だにゃあ、六号と二人掛かりなら俺達だってやり合えるにゃあ！」

やりたい放題を始めたベリアルに、アリスが呆《あき》れたような表情で。

「おい、正気かベリアル様。それはさすがに見過ごせねえぞ」

「おっ、アリスもベリアル様に言ってやれ。本音を言わせて貰《もら》うなら、俺だって王様椅子に座りたいんだ。一人だけワガママ言うのは赦されねえぞ」

「アリスにゃんの正論で、ベリアル様が泣くまで論破を頼《たの》むにゃん！」

と、なぜかアリスは、囃《はや》し立てる俺達にも呆れたような視線を向けながら。

「ベリアル様は遊んでるわけじゃねえ。自分が王様になって石を交換するって言ってるんだ。キサラギから借り受けた大事な幹部に、そんな危険な事は許可出来ねえよ」

「「「「えっ」」」」

アリスが放った意外な言葉にその場の皆《みんな》が声を上げる。

「……今、ベリアル様もビックリしてませんでした？」

「してない。……い、いや、うん、本当はビックリした。ほ、ほら、アリスがあたしのやりたい事を理解していたからさ」

ああ、コレは予想外の展開に転がって本気で困った時の顔だ。

仕方ない、俺がフォローを……。

「ベリアル様、本気ですかい？　あんたは何かとデカくて理不尽《りふじん》で、デカい上に面倒《めんどう》な上司ですが、さすがにコイツはいけませんぜ」

「そ、そうだよ、ベリアル様の事はよく知らないけど、キサラギのトップに立つ人なんでしょ？　こんな危険な事は、この国の人間にやらせればいいじゃん」

フォローしようとした俺より先にトラ男やラッセルがベリアルの身を案じるが、責任感の強いこの人にはそれらの言葉がとても効く。

——と、それまで黙っていたリディアが小さく苦笑を浮《う》かべると、

「これは王家の者が担う責務です。ですからその気持ちだけで、もう十分。ああ、代わりにお願い事が一つだけ。……どうかこの事は、弟妹達には内密に」

そんな、ベリアルに一番効きそうな言葉を伝えた。

6

——ミドガルズ山脈。

グルネイド王国の傍《そば》に広がる全長数キロに及《およ》ぶその山脈に、問題のアーティファクトが隠《かく》されていた。

「無理だにゃん無理だにゃん無理だにゃん！　そんなの絶対無理だにゃん‼」

「にゃんにゃんうるさいぞトラ男！　キサラギの怪人《かいじん》が無理って言葉を口にするな！」

ミドガルズ山脈の前にやって来た俺達は、命が賭《か》かっているのにさすがにふざけていられないと、今度こそ詳《くわ》しい説明を受けたのだが——

「全く、何が石を交換したら死ぬ、だ！　こういう事は早く言え！」

「い、いえ、私は何度も説明しようと……も、もういいです……」

説明を終えたリディアがグッタリしているが、ベリアルの方は生き生きしていた。

と、さっきまでにゃんにゃん騒《さわ》いでいたトラ男が真顔になって申し出る。

「もうこの国の事は諦めて、上の姉兄《きょうだい》のどっちかを王にするにゃん」

「この獣は妹にしか心を許さないの？　私、結構妹と似てると思うのだけど」

トラ男の申し出にリディアがむくれるが、

「確かに似てるとは思うにゃあ。でも俺はババアに興味が無いにゃん」

「だ、誰がババアよ無礼者！　私はまだ十九歳よ⁉　さあ、もう一度言ってみなさい！」

「確かに似てるとは思うにゃあ。でも俺はババアに興味が無いにゃん」

律儀《りちぎ》に同じ事を言ったトラ男の腹をリディアが何度も殴《なぐ》り付ける中、測定器を使って何かを調べていたらしいアリスが宣言した。

「間違《まちが》いない。姫さんの言う通りこの山脈は生きている。巨大《きょだい》な生体反応の塊《かたまり》だ」

グルネイド王国でドラゴン信仰《しんこう》が盛んな事には理由があった。

グルネイド王国が魔獣達を寄せ付けない事にも理由があった。

始原龍《りゅう》ミドガルズの傍には魔獣が寄って来ない事を利用して、この巨大龍《きょだいりゅう》を眠《ねむ》らせるアーティファクトを使用したのだ。

その結果、ドラゴン以外の魔獣を退ける聖地が生まれ、そこに小さな村が作られて、やがて街へと育ち、国が起こった。

石を交換すると死ぬというのも、交換の際に一瞬だけ目覚めたミドガルズに殺されるというのが理由だった。

アーティファクトの石を交換するのは、王にしか所持する事が許されない魔導具があれば、血が繋がっていなくても可能らしい。

ガバガバなアーティファクトの使用条件に、アリスが救いようのない犯罪者を一時的に王にしようと言い出したのだが──

「おいリディア、あとは王様のあたしに任せとけ。デカいだけのトカゲを狩《か》るのは得意なんだ。なにせこの星に来てからは、トカゲを沢山《たくさん》狩ったからな」

「トカゲと言うと、バクレットカゲの事ですか？　あれと始原龍を比べては……」

レッサードラゴンをトカゲと言い張るベリアルに、リディアは不安を隠せない。

悪いようにはしないからとリディアを説得し、一時的な王になったベリアルは先ほどから上機嫌だ。

そんなリディアとベリアルを見て、騒いでいたトラ男が肩を落とすと、

「分かったにゃあ……。もう覚悟を決めるにゃん。俺が貯《た》めた悪行ポイント、全部大放出する気で援護《えんご》するにゃあ」

「……………。お前は怪人で幹部だろ。あたしと一緒《いっしょ》に最前線だぞ」

「嫌《いや》だにゃん嫌だにゃん嫌だにゃん嫌だにゃん！」

再びにゃんにゃん鳴き出したトラ男を見てリディアが困惑《こんわく》する。

「あの、最前線とはどういう事？　ベリアル様は私の代わりに、石を交換してくれるのかと思っていたのだけど……」

ちゃんと説明を聞いたベリアルは、リディアに、全部任せろと男前な宣言をした。

リディアはそれを、ベリアルが石の交換作業を行うと受け取っていたらしい。

だが、それだけであればトラ男がこんなに騒ぐわけがなく……。

――と、その時だった。

「隊長、言われた通り呼んで来ましたよ！」

手を振《ふ》りながらミドガルズ山脈へやって来たのは、ナディアを背負ったロゼとラッセル。

「一体どうしたナディアにゃん。ここは危ないから帰るにゃん」

「トカゲのお姉ちゃんが、トラさんのカッコイイところが見れるって教えてくれたの」

それを聞いたトラさんが、トカゲのお姉ちゃんに命令を出した俺を睨《にら》んできた。

「ほらトラさん、ナディアにゃんが見てますよ。ここはカッコイイところをお願いします」

「全てが終わったら覚えてろよ。アスタロト様への報告書に色々書いてやるからにゃー」

トラさんはそう言っていきり立つが、その分野では俺が有利だ。

「今回のトラ男さんの所業を報告したら制裁部隊が送られてきますよ」

「マブダチの六号に、俺が本気でそんな事をするわけがねえにゃー。アジト街に戻《もど》ったら良い店に連れてってやるにゃん」

俺のマブダチはにゃんにゃん言いながら誤魔化《ごまか》すように肩を組む。

「いつまで遊んでんだトラ男！　いい加減覚悟《かくご》を決めろ！」

ベリアルの叱咤《しった》とナディアの期待を受けて、トラ男が顔を上げた。

「しょうがないにゃあ。怪人の誇《ほこ》りに賭けて、始原龍だろうがやってやるにゃん！」

やる気を見せるトラ男に、だがアリスが首を振る。

「ベリアル様、こりゃ無理だ。コイツの質量を調べてみたが、核《かく》でも使わないとどうにもならねえ。山脈一つを消し飛ばすなんて、大量の兵器群を用意しないと不可能だ。しかも今のベリアル様は転送端末も持ってない。武器の取り寄せも出来ないだろ？」

アリスが言うように、本当に目の前の山脈規模の相手だとするならそりゃ無理だ。

だがここには、キサラギで一番強く、諦めない上司がいる。

「いいかアリス、キサラギの人間が無理って言葉を口にするな」

ベリアルはそう言って腕《うで》を組み、ミドガルズ山脈を仁王立ちで見上げると、アーティファクトと思われる野ざらしにされた箱形の機械の前に出る。

ミドガルズ山脈をよく注意して観察すると、確かに龍の面影《おもかげ》が見受けられた。

つまり全長数キロにも及ぶ巨大生物が今から本当に動くのだ。

「怪人トラ男に命令だ！　始原龍ミドガルズが目覚めたら、三分だけ時間を稼《かせ》げ！」

「無理だにゃー」

あっさり否定したトラ男がベリアルに睨まれた。

「もう一度無理って言ったらぶっ飛ばすからな」

「巨大化しないと無理だにゃん」

有言実行とばかりにトラ男がぶん殴られた。

「コイツ、本当に殴りやがった！　〝巨大化しないと〟って言ってるだろ、あんた理不尽が過ぎるにゃん！」

「いや、だってお前ら怪人は、瀕死《ひんし》にならないと巨大化を使えないだろ？」

どうやら今のはベリアル的に、巨大化を手伝おうとしたらしい。

思わず無言になったトラ男は、せめてもの抵抗《ていこう》とばかりに呟《つぶや》いた。

「激しく寿命《じゅみょう》を削《けず》る巨大化は、生涯《しょうがい》において使っていいのは一度きりって言われているのに、既《すで》に二回も巨大化してるにゃん……」

「そうか。いいからやれ」

「理不尽！」

トラ男を無理矢理黙《だま》らせたベリアルは、後方に佇《たたず》む俺に向け、

「戦闘員《せんとう》六号！　キサラギ本部に、ありったけのニトロを寄越《よこ》せってメモを送れ！」

「マジッスか。そんなに大量にニトロを打ったら、後でどうなっても知らんっスよ」

部下のトラ男に無茶をやらせた分、自分も体を張るのがベリアルらしい。

両手を頭の上に組んだベリアルが、思い切り背筋を伸《の》ばし柔軟《じゅうなん》を始めた。

キサラギにメモ書きを送りながら、昔、体の硬《かた》い俺に付き合って、朝までストレッチを手伝ってくれたのを思い出す。

あの頃《ころ》のベリアルも今のベリアルも、やはり根っこのところは変わっていない。

改造手術を受ける前は、あれだけ大人しくオドオドしていたこの人は、

「アリス！　あたしに万が一の事があったなら、キサラギ本社に事情を説明しろ！　今まで貯めたあたしの悪行ポイントが五十万ほどあったはずだ。あたしの最後の命令だと言って、特例措置でポイントの移行を許可してもらえ。始原龍が本格的に活動するまでに、それを全部使ってどうにかしろ！」

手術を受けてから、誰よりも仲間を守ろうとするこの人は、

「五十万ポイントって正気かよ、ベリアル様は何やったんだ。いや、ポイントがそれだけあって手段を選ばなければあの龍も……どうにか……なるか？　なるかなあ……？」

知り合って間もない、それも暫定的《ざんてい》に敵国だった国のお姫様のために、しかも勝ったところで得にもならない、挑《いど》む事自体が無謀《むぼう》としか思えない化け物を、今から本気で倒《たお》す気なのだ。

「あ、あの……まさかとは思うけど、ミドガルズを倒す気なの？　あちこちで神格化されている化け物で、一旦《いったん》目覚めれば世界を滅《ほろ》ぼすと言われている、ミドガルズを？」

未だ信じられない思いで見上げるリディアの頭に、ベリアルがぽんと手を乗せる。

「そうすればお前はもちろんその子孫だって、今後は命懸《いのちが》けで石の交換《こうかん》なんてしなくて済むんだろ？」

そう言って柔《やわ》らかな笑みを浮かべると、リディアが顔を赤くして棒立ちになった。

やっぱり記憶《きおく》を失っても、根っこのところは変わっていない。

どうしようもなくお人好しで、世が平和だったならきっと穏《おだ》やかに暮らしていたはずのお嬢様《じょうさま》は、リディアに背を向け声を張り上げた。

「アーティファクトから魔導石《まどうせき》を外したら、怪人ロリ男は前に出ろ！　だがその前に、今

回お前がやらかした罪状を、全部この場で並べ上げてみろ！」

「本来の任務であるアジト防衛を放り出し、未成年の王女誘拐《ゆうかい》に国宝強奪《ごうだつ》！　森へ侵入《しんにゅう》してくる騎士《きし》団を襲《おそ》って怪我《けが》を負わせ、数々の命令違反《いはん》を行いアリス達の侵略任務の妨害《ぼうがい》をし、敵性国家を増やしましたにゃん！」

こうして罪状を並べられると、この人本当にとんでもないな。

今回の騒ぎの原因は全部この人のせいと言っても過言じゃない。

「本来なら処刑《しょけい》が妥当《だとう》なところだが、無事に生き残ったなら今回のやらかしは不問にしてやる！　お前の後ろには大好きなロリがいるぞ。たとえ死んでも下がるなよ！」

「理不尽《りふじん》な暴力上司のくせに、戦う時だけはやる気にさせるのが上手いにゃあ」

アーティファクトに嵌《は》められていた魔導石が、ベリアルの手によって抜《ぬ》き取られた。

その場の皆《みんな》が見守る中、山脈下方に巨大な何かが開かれる。

ギョロリと動いたところから、それはミドガルズの眼が開けられたのだろう。

アーティファクトの前に立つベリアルが、その眼に見詰《みつ》められただけでフラついた。

それを遠巻きに見ていたロゼが必死に叫《さけ》ぶ。

「ベリアル様、その眼は恐《おそ》らく邪眼《じゃがん》です！　弱い人なら一睨みされただけで死んじゃうので、気を付けてください！」

そんな中二病感染者の言葉を聞いて、ベリアルを庇《かば》うようにトラ男が前に出た。

ミドガルズが覚醒《かくせい》を始めたのか大地が微《かす》かに震《ふる》え出す。

山脈そのものが生物という規格外の化け物に、地球出身の怪物二人が立ちはだかった。

そんな二人の背中に向けて、ラッセルが憧《あこが》れのヒーローを見る目で呼《よ》び掛《か》ける。

「負けるんじゃないぞトラ男！　お前は最強の怪人なんだろ！」

「トラ男さん！　ベリアル様！　いざって時は呼んでください！　多分どうにか頑張《がんば》って、二秒ぐらいなら持《も》ち堪《こた》えますから！」

絶対に持ち堪えられないと思うが、二人に魅《み》せられたロゼが拳《こぶし》を握《にぎ》って声援《せいえん》を飛ばした。

立っていられない程に大地が震え、妹の手を握ったリディアが祈《いの》るように膝《ひざ》を突《つ》く。

「超巨大敵性生物《ちょうきょだいてきせいせいぶつ》、始原龍ミドガルズ。コイツを倒してサンプルを地球に送れば、莫大《ばくだい》な利益になるぞ！」

アンドロイドのアリスでさえもが熱に中《あ》てられたのかやる気を煽《あお》る。

「ベリアル様、ニトロが来ますよ！　後の事は任せます！」

トラ男の後ろで腕を組んでいたベリアルは、転送されたニトロを躊躇《ちゅうちょ》無く首に打ち込む。

「トラさん、負けるなー！」

皆の熱気で何かを察したのか、ナディアが声を張り上げた。

トラ男の広い背中がピクリと震え、ミドガルズ山脈がゆっくりと動き出す。

始原龍がブルリと身を震わせると、体に張り付いていた岩盤《がんばん》が雪崩《なだれ》のように辺りに飛び散り、それらは全てベリアルが放った大爆発《ばくはつ》で粉々に打《う》ち砕《くだ》かれて――！

「秘密結社キサラギ幹部、密林の王者トラ男！　ロリっ子達の声援があれば、ドラゴンなんて怖《こわ》くねえにゃー！」

「秘密結社キサラギ最高幹部、業火のベリアルが遠い星から来てやったぞ！　敵性生物を狩《か》り尽《つ》くし、この星を侵略だ！」

火山が噴火《ふんか》するような轟音《ごうおん》と共に、巨大な山脈が体に降り積もった土砂を撥ね除け、その身を起こし咆哮《ほうこう》を上げた――！


――時間にして、戦ったと言えるのはたった三分ほど。


だが……。

「何もかもが吹っ飛《ふと》んじゃいましたねえ……」

呆然《ぼうぜん》とロゼが呟《つぶや》くが、誰《だれ》もそれに答えない。

いや、誰も答えられないとでも言うべきか。

「自分の想像以上だったな。まさかここまでとは思わなかったよ」

そう言ってようやく同意を見せたのは、俺の後ろに隠《かく》れていたおかげで、泥汚《どろよご》れ一つ無いアリスのみ。

想像以上とは、ミドガルズという伝説の化け物の事を意味しているのか、それすらも倒《たお》してしまったベリアルの戦闘《せんとう》力の事なのか、どっちなのだろう。

「それよりお前、何かあるたびに俺を盾《たて》にするのは止めろよな」

「つれない事言うなよ相棒。自分がダメージ受けたなら辺り一面大惨事《さんじ》だぞ？」

アリスがそう言って泥塗《どろまみ》れになった俺をかいがいしくタオルで拭《ふ》いてくれるが、こんな事ぐらいじゃ誤魔化《ごまか》されないぞ。

改めて辺りを見回すも、始原龍ミドガルズが暴れたおかげで何も無い。

まばらに生えていた木々も小さめの山も何もかも、全てが吹き飛ばされていた。

そして、広大な更地《さらち》となった空間にミドガルズがその巨体《きょたい》を横たえており、動かなくなった事を確認したリディアが、呆然とそれを見上げている。

と、未だ信じられない思いでいる俺に向け、骨でも折れたのか右腕《みぎうで》をダラリと下げたまま、ドロドロになったベリアルが言ってきた。

「六号、風呂《ふろ》を用意しろ！」

こんな大自然のど真ん中で無茶を言ってくる理不尽《りふじん》上司に、俺は用意しておいた濡《ぬ》れタオルを渡《わた》してやる。

「それはアジトに帰ってからでお願いします。こんな所で風呂に入ったらもれなく俺が覗《のぞ》きますよ。何なら一緒《いっしょ》に入るまであるかもしれません」

「また一つ報告書に書く事が増えたな。アスタロトに怒《おこ》られろ」

ベリアルの折れた腕《うで》にアリスが取り付き治療用ナノマシンを打ち込む中、そんな軽口を叩《たた》き合う俺達の傍では、瀕死《ひんし》になったトラ男が二人のロリっ子達に介抱《かいほう》され、死にそうな顔でニヤけていた。

そして――

「まさか、本当に始原龍を倒すだなんて……」

横たわるミドガルズを見上げながら、未だ信じられないリディアが呆然と呟いた。

ミドガルズの死体には、目を輝《かがや》かせたロゼが取り付き、活き活きした顔で囓っていた。

「レンチンが効いて何とかなったな！　もしアレが効かなかったら、核《かく》の出前を頼《たの》むしかなかったかもしれないな！」

「その出前だけは絶対に取らせませんよ。まあなんにしてもお疲《つか》れっス」

ベリアルの言うレンチンとは、発火能力の派生となる技にリリスが命名したものだ。

炎《ほのお》で攻撃《こうげき》するのではなく、生物の細胞《さいぼう》に働きかけて直接熱するとか言っていたが、ようは電子レンジの亜種《あしゅ》みたいな必殺技らしい。

コレを生物に使うと凄惨《せいさん》な絵面になるため、ベリアルもあまり使いたがらない大技だ。

目を覚ましたミドガルズは、まずトラ男に狙《ねら》いを付けた。

腕を振《ふ》るわれただけで重傷を負ったトラ男は迷う事なく切り札を切り、命を燃やして巨大化しミドガルズの頭を押さえた。

暴れ回るミドガルズの頭によじ登ったベリアルが、ありったけのニトロを使い全力で脳内をチンし、現在に至る。

——と、濡れタオルで顔を拭き終えたベリアルが、未だ呆然としているリディアの下へ歩いて行く。

あれだけの力を見せ付けられたリディアは、小さく震《ふる》えたまま動けずにいた。

そんなベリアルの行動に、皆がそれぞれの作業を止めて注視する。

これほどの偉業《いぎょう》を成し遂《と》げたベリアルが、どんな理不尽な事を言い出すのかと見守っていると。

「おいリディア。お前を悩ませた始原龍とやらは見ての通りぶっ殺してやったぞ」

大した事でもなさそうに言うベリアルに、リディアは一瞬《いっしゅん》呆気《あっけ》に取られ。

「は、はい！　その、これほどの恩を受け、あのような力を見せ付けられた以上、我が国はどんな額の報酬《ほうしゅう》を請求《せいきゅう》されても、甘んじて……」

……と、そこまで言い掛《か》けたリディアに向けて、ベリアルが無邪気《むじゃき》に笑い掛け。

「トラ男がやらかした国宝強奪《ごうだつ》や誘拐《ゆうかい》その他。これで、全部相殺って事でいいな？」

予想外のその言葉に、リディアは信じられない者を見るように。

そして、既《すで》に諦《あきら》めていたところに颯爽《さっそう》と現れたヒーローを見る目を向けて。

「……は、はい。はいっ！」

今までどこか張《は》り詰《つ》めたような顔をしていたリディアが、年相応の笑顔を見せた――！

7

「はっあああああああああああああああああ!?　ミミミ、ミドガルズを倒したですって!?」

城に凱旋《がいせん》した俺達を待っていたのは挙動のおかしいアデリーだった。

「おう、アイツのせいで代々この国の王様が命を落としていたんだってな。これにて一件落着ってヤツだ」

アデリーの目が泳いでいる事から、ベリアルの行いはそれほど衝撃《しょうげき》だったようだ。

「ていうかお前は何してたんだよ。石を交換《こうかん》する度に人が死んでたって知ってたか？　一応正義の味方を名乗ってるなら、お前らがアレを倒さなきゃいけないだろ」

「何言ってるのよ、貴方《あなた》がナディア姫《ひめ》を見ているように言ったんでしょう⁉　城でずっと構っていたら、キメラの子達が迎《むか》えに来たから……！　大体ミドガルズは人が倒せるような存在じゃないでしょう！」

ああ、律儀《りちぎ》にナディアの面倒《めんどう》を見てたのか。

「私達ですらアレには触《ふ》れないように管理していたのに……。ど、どうしよう、始原龍の死が世界に与《あた》える影響《えいきょう》は計り知れないはずで……。こ、こうしてはいられないわ……」

気になる事を呟きながらアデリーがフラフラと出て行くが、今は優先される事がある。

現在俺達が居る謁見《えっけん》の間では——

「姉上、いい加減どういう事なのか説明してくれ！　なぜミドガルズが倒されたんだ！　魔導《まどう》石の交換に行ったんじゃなかったのか！」

問題が解決してスッキリした顔をしたリディアが、王子に問《と》い詰められていた。

「目的は果たしたから、貴方に王座を譲《ゆず》ると言っているのよ。貴方は甘いところがあるから、そこをどうにか直しなさい。……そうね、性格が捻《ひね》くれている部下がいたら、側近にするのをオススメするわ」

どうやら王子は魔導石交換の際、交換者が死亡する事を知らないようだ。

そしてこのツンデレな姉は、もう済んだ事を説明する気はないらしい。

「姉上！　この国をこれだけ引っかき回しておいて、そんな言い分が通るとでも思っているのか！　それに、私の部下に捻くれたヤツなどいない！　この国で一番捻くれている人物といえばそれは間違《まちが》いなく姉上だろう！」

散々な言われようにリディアが肩《かた》を竦《すく》めながら。

「じゃあ王座を譲ってあげる代わりに、私を参謀《さんぼう》にでも雇《やと》ってくれる？」

「はあ……!?」

からかうような笑みを浮《う》かべ、でも楽しげなリディアの言葉に。

「……姉上、本気で王を降りる気なのか？」

冗談《じょうだん》で言っているのではないと察したのだろう。

王子は困惑《こんわく》気味の表情を浮かべると、俺達へと向き直った。

「貴方達に事情を聞いたところで、きっと教えてはくれないのだろうな」

いや、俺は別にペラペラ喋《しゃべ》ってもいいんだけど。

とはいえ、王子の隣《となり》に立つツンデレ姫が人差し指を唇《くちびる》に当てて笑っているし、ここは言わないでおくのが優しさというものだろう。

何も言わない俺達に、リディアが苦笑を浮かべながら。

「キサラギの方々には随分《ずいぶん》助けられてしまったわね。我が国はこれから大変な苦労をする事になります。ミドガルズの恩恵《おんけい》を受けられなくなりましたから、これからは他の大地のように魔獣《まじゅう》が集まって来るでしょう」

「本当に、何て事をしてくれたんだ姉上は。これから我が国はどうすれば……」

困り顔で頭を抱《かか》える王子の様子に、リディアがクスクス笑う。

「まあでもそれは些細《ささい》な事です。建国した頃《ころ》であればともかく、今の私達であればどうにでもなるでしょう。ご先祖様が、安全な土地を求めて彷徨《さまよ》っていた頃とは違《ちが》います。長い年月が経った今、我が国には外壁《がいへき》もあれば精強な兵士もいますので……」

どこか憑《つ》き物《もの》が落ちたような表情で、リディアは笑みを浮かべると。

「魔獣の心配はいらないぞ。だってあたしが居るからな」

ベリアルが横から放った一言に、アリスがほうと感嘆《かんたん》の声を漏《も》らす。

どういう意味なのか説明してくれと思っていると。

「リディア姫はウチの仕事を知ってるな？　つまりベリアル様は、こう言っているんだよ」

言いながら脇腹《わきばら》を肘《ひじ》で突《つ》いてくるアリスの言葉にさすがの俺も理解する。

いつだったかグレイス王国の皆に言った、キサラギの営業文句を口にした。

「ベリアル様はこう言いたいんですよね。――戦闘員、いかがですか？　って」

それを聞いたリディアが嬉《うれ》しそうに笑み崩《くず》れると、王子もやれやれと肩を竦め――

「違うよ、何格好付けてんだ。あたしがこの国に残るって言ってるんだよ」

空気を読まないベリアルがまたバカな事を言い出した。

せっかく決めゼリフっぽく言ったのに否定され、俺はベリアルに反論する。

「じゃあどういう意味っスか！　この国で客将になるとか言わんでくださいよ⁉」

恥《は》ずかしさでちょっと赤くなった顔を誤魔化すように、強い口調で言う俺に。

「なんで今さら客将なんだよ。あたしはここの王様だろ？」

当然といった面持ちで、ベリアルがどうしようもなくバカな事を言い出した。

このワガママな上司をどうやって説得しようかと悩《なや》んでいると。

「………………そういえばベリアル様は、魔導石を交換した後も王座を返還《へんかん》してないな」

アリスがポツリと漏らしたその言葉に、リディアと王子が固まった。

「……あ、あの、ベリアル様？　その冗談はさすがに笑えませんわ。ベリアル様は私達姉弟《きょうだい》を救うため、ミドガルズを倒してくれた英雄《えいゆう》ですよね？」

「オラァ！」

「痛ァッ⁉」

「姉上⁉」

ベリアルにお伺《うかが》いを立てたリディアが突然頬《とつぜんほお》を引っ叩かれた。

「いきなり何て事するんスかベリアル様、リディア姫が涙目《なみだめ》ですよ」

だがベリアルは分かってないなとばかりに胸を張り、

「バカだな六号、お前は飴《あめ》と鞭《むち》って言葉を知らないのかよ。今のは脅《おど》しに近いやり方でお前達に依頼《いらい》を請《う》けさせた事への鞭だ。悪の組織で言う落とし前ってヤツだな」

「リディア姫の場合今までトラ男さんに苦労させられた分、飴だけで良かったと思うんですけど。あと、叩いた本音はヒーロー呼ばわりされたからでしょう」

舐《な》められたら終わりの悪の組織にとって、落とし前は確かに大切だが空気ぐらいは読んで欲しい。

「あ、姉上、大丈夫《だいじょうぶ》ですか⁉　なぜこのような輩《やから》を雇ったのですか……」

と、頬を張られたリディアは目に涙を湛《たた》えながらも、敵対していた王子に心配されるのがおかしいのか、やがてクスクスと笑い出す。

「ほら、コイツを見てみろよ。ちゃんと鞭の効果があっただろ？」

「違いますよ、単にこの人がドMなだけっス」

「そんな性癖《せいへき》はありません！　今の状況《じょうきょう》がおかしくて、つい笑ってしまっただけよ！」

リディアは、咳払《せきばら》いをして居住まいを正すと。

「確かに私はキサラギの方々に対して、まだ謝罪もしていませんでしたね。幾《いく》ら追《お》い詰められていたからと言っても、あのような仕事の頼み方をしてごめんなさい。でもそのおかげで、弟がこんなに素直になったわ。……本当に、ありがとう」

「姉上！　……まったく、あれだけ固執《こしゅう》していた王座を突然譲《ゆず》る事といい、この者達の事といい、後で説明して貰《もら》いますからね」

難しい顔をしていた王子はそう言って、リディアと顔を見合わせ苦笑を浮かべた。

「オラァ！」

「ハブッ⁉」

「マディア⁉」

本当に空気を読まないベリアルが、今度は王子の頬を張る。

「やりたい放題にもほどがありますよベリアル様。今度は何が気に食わないんスか」

「良い話で収めようとしてるからだよ、あたしが王様だって言ってんだろ。……しょうがないなあ。じゃあ王座は返してやるから、その代わりキサラギに従属しろ。ちゃんと上納金を収めるんだぞ」

「ま、待て、そんな要求が通るわけがないだろう！　お前達は本当に何なんだ、突然やって来て好き勝手やらかしたかと思えば従属しろだと？　我がグルネイド王国は歴史ある大国だ、理不尽《りふじん》にもほどがある！」

王子がもっともな事を言ってくるが、この人に良識的な話は通じないんですよ。

「何が歴史ある大国だ。誰《だれ》かを犠牲《ぎせい》にしながら成り立つ国なんてとっとと滅《ほろ》んじまえばい い。何ならあたしが滅ぼしてやるよ。だってあたしは悪の組織の人間だからな」

「なっ……！」

悪い顔をしたベリアルが口元に笑みを浮かべて言い放つと、思わず王子が絶句する。

その物騒《ぶっそう》な物言いに、リディアがクスクスと笑い出した。

「従属ですか。王座を奪《うば》われている以上、それも仕方がないですね。それに、ベリアル様が本気になれば本当に滅ぼされてしまいますから」

「でもまあ、ウチに従属するのも悪い事ばかりじゃないぞ。この国がピンチになったらいつでも言ってくるといい。遠く離《はな》れた星の彼方《かなた》からでも、必ずお前を助けに来てやる」

急にイケメンなセリフを吐《は》くベリアルに、リディアの顔が赤くなる。

本当にこの人は、こういうタラシなところが油断出来ない。

「そうだ、鞭の次は飴をやらないとな」

ベリアルはそう言って、遠慮《えんりょ》するリディアに小さな何かを握《にぎ》らせた。

「コレはＩＣレコーダーって道具でな。あたし達が帰ったら、この再生ってボタンを押すといい。それと、必ず姉弟妹《きょうだい》三人でいる時に押すんだぞ」

ベリアルとリディアのやり取りに、王子が不思議そうに首を傾《かし》げる中。

「これを仲良く聞き終わったらお前らの妹に聞いてみろ。国宝を奪いに来たトラ男に、どうして攫《さら》ってくれなんて言ったんだ、ってな」

そう言って悪い笑みを浮かべるベリアルを見ている内に、俺はＩＣレコーダーに何が録音されているのかに思い至った――

8

「――とまあそんなこんなで、始原龍ミドガルズを華麗《かれい》に倒《たお》した俺達は一人で苦しんでいたお姫様の悩みも解消し、グルネイドを従属させたってわけさ」

グルネイド王国から帰還《きかん》してから一週間が経過した。

この間に旅の疲《つか》れを癒《い》やした俺は、毎日理不尽な命令を下す上司から逃《のが》れるべく、バイパーの執務室《しつむ》でゴロゴロしていた。

書類にペンを走らせていたバイパーがその手を止めて微笑《ほほえ》むと。

「それは大活躍《かつやく》でしたね。六号さん達がミドガルズを屠《ほふ》ったという話は、既《すで》にあちこちの街で噂《うわさ》になっているそうですよ」

同じく書類仕事をしていたアリスが、それを聞いてニヤリと笑い。

「おかげで、既に従属を申し出ていた国や自治都市が裏切る事は無さそうだ。ミドガルズってのはよほど有名な化け物だったらしく、戦勝祝いの使者が後を絶たねえ。これまで日和見《ひよりみ》だった都市や集落までウチに庇護《ひご》を求めてきたな」

ベリアルが暴れた事で一気にウチの勢力圏《けん》が拡大し、俺達の名前も売れた。

結果的に全てが丸く収まってしまったが、もしやベリアルは全て計算ずくでやっていたのだろうか？

「あの……ところで六号さん、ハイネがどこに行ったのか知りませんか？　ここのところずっと姿が見えないのですが……」

「ハイネならスノウと一緒《いっしょ》にグルネイドに置いてきたよ。多分その内二人で協力しながら帰って来るよ」

「ど、どうしてグルネイドに!?　い、いえ、無事帰ってくるのであればいいのですが……」

あの二人はあれからずっとギスギスしていたので、もう自力で帰らせる事にした。

一緒に戦地を乗り越《のこ》えればまた友情が芽生えるものだ。

面倒《めんどう》事が一つ減るので、アイツらにはもう一度仲良くなってもらいたい。

――と、その時だった。

「おい六号、今すぐ来い！　アリスでもいい、あたしを助けろ！」

穏《おだ》やかに過ごしていたのに、訓練場がある方からベリアルの大声が聞こえてくる。

アリスと顔を見合わせ二人で向かうと、腰《こし》にグリムをまとわり付かせたベリアルが、顔を押しのけ引き剝《は》がそうとしていた。

「コイツはお前の部下なんだろ！　鬱陶《うっとう》しいからどうにかしろ！」

ニトロの副作用で死にかけていたベリアルは、ここ数日でミドガルズとの戦いで折れた腕《うで》も綺麗《きれい》にくっ付き、現地の部下ともすっかり打ち解けていたのだが――

「皆してあんまりよおおおお！　どうして？　どうして私は影《かげ》が薄《うす》いの？　目が覚めたら全てが終わってたのは、これが初めてじゃないのよ⁉　いい加減ちゃんと私も連れていきなさいよおおおおおおおおおおおおおおおお！」

「そんな苦情は六号に言え！　仕方ないだろ、お前はずっと死んでたんだし」

ベリアルに靴下《くつした》を穿《は》かされたせいで、今まで死んでいたグリムが暴れていた。

「それよ！　私を殺しておきながら、どうしてこんなに塩対応なの⁉　ベリアル様が最高幹部という事は、言ってみれば私のお義母さんみたいなものでしょう⁉」

「違うぞ」

素っ気なく否定されるグリムだが、アンデッド特有のしつこさでベリアルを放さない。

「そもそも一度死んだはずなのに、どうして復活してるんだよ。お前はこれから怪人《かいじん》ゾンビ女を名乗っていいぞ」

「い、嫌《いや》よ、そんな可愛くない称号《しょうごう》は！　そうね……どうせあだ名を付けてもらえるのなら、もっとこう聖女的なキラキラしたのを……」

夢見るように目を閉じて妙《みょう》な事を口走るグリムを引き剝がし、ベリアルが俺に向けてクイクイと指を動かし呼び付ける。

「六号、ワイヤーを呼び寄せてくれ。面倒くさいから縛《しば》り上げて転がしておく」

「や、止めて！　私はそういう物理的な制圧には弱いのよ！　分かったわ、もうワガママ言わない！　だから……」

俺が呼び寄せたワイヤーで何か言い掛《か》けたグリムを縛り、ついでに猿《さる》ぐつわを噛《か》ませたベリアルが付いてこいと手招きした。

グリムを放置しベリアルの後を付いて行くと、着いたのは転送室だった。

まさかとは思うがこの人は、怪我《けが》が治ったばかりでもう地球に帰る気なのか。

「ひょっとしてもう帰るんスか？　怪人のトラ男さんですらまだ入院中なんですから、ベリアル様もゆっくり休んだって罰《ばち》は当たんないでしょう。こないだ来たリリス様みたいに、もっとダラダラと遊んでていいんスよ？　俺達と楽しく暮らしましょうよ」

「アイツと一緒にするんじゃない、もう体も治ってるのに遊んでなんかいられるか。ていうか、地球から呼び出しが掛かったんだよ。単独でも厄介《やっかい》なバッタ型ヒーローが戦隊を組もうとする動きがあるんだと。そんなのあたしですらヤバいだろ」

それは確かに凄《すご》くヤバい。

どのぐらいヤバいかと言うと、ミドガルズが可愛く見えるぐらいにヤバい。

しかし……。

「つれないっスよベリアル様。久しぶりに会ったのにバタバタしてて、ロクに話す事すら出来なかったじゃないですか。いっそここに残りませんか？　もっと一緒に遊びたいっス」

俺がついつい本音を漏《も》らすと、ベリアルが複雑そうな表情で。

「……お前はなんて言うか、無自覚なたらしだよな。どうせリリスにもそんな事言ったんだろ。アイツ、地球に帰って来た時は大分浮《う》かれていたからな」

「たらしはベリアル様の方でしょう。っていうかリリス様にはこんな事言ってませんよ、帰る際には特に引き留めもしませんでしたし」

というかリリスが残っていてもあまり役に立つ気がしない。

むしろ、ワガママばかりを言い出して、邪魔《じゃま》にしかならないまである。

そんな俺の思考が漏れたのか、ベリアルが小さく笑みを浮かべ。

「そっか。まあ、お前とリリスは兄妹《きょうだい》みたいな関係だったしな。でもさっきみたいなセリフはあたしじゃなくて、アスタロトに言ってやれ」

「アスタロト様にそんな事言ったら、バカ言ってないで働けって怒《おこ》られますよ。ただでさえ最近、通信画面で顔見る度に機嫌《きげん》悪そうなんですから」

ベリアルは再び複雑そうな表情を浮かべると。

「……アスタロトも不器用だけど、お前も大概《たいがい》だよなあ」

そう言って胸元をキュッと軽く握り息を吐く。

と、急に真面目《まじめ》な顔になったベリアルが、姿勢を正して声を張る。

「命令！」

ベリアルの一言に、俺とアリスは背筋を伸《の》ばして気を付けの姿勢を取った。

「今回の事でキサラギの領土は大きく拡大された。だが、まだまだ足りてない。アスタロトからの伝言だ。地球に残された時間は少ないそうだ。侵略《しんりゃく》を急げとさ」

地球に残された時間って何だよ、どうしてそう気になる事を言ってくるんだ。

しかし、深く知ってしまうともう逃《に》げられなそうで聞きたくない。

俺の顔からそんな心情を読み取ったのか、ベリアルが小さく笑った。

「向こうの事は気にするな。お前達は死なない程度に頑張《がんば》ればいい。犠牲になったトラ男の分、お前達だけでも生き残れよ」

「トラ男さんは医療《いりょう》室で入院中なだけですよ。どうしてあの人を殺したがるんスか」

トラ男は三度に及《およ》ぶ巨大《きょだい》化でも命を繋《つな》ぎ、ロゼとラッセルに看病されながらずっと眠《ねむ》り続けている。

アリスによるとそろそろ目を覚ましてもおかしくないそうだが、ナディア姫と別れの挨《あい》拶《さつ》もさせずに持ち帰ってきたので、起きたら面倒臭《めんどうくさ》い事になるのは間違《まちが》いない。

ベリアルは俺とアリスの頭に手を乗せて、グリグリと乱暴に撫《な》で付《つ》けながら。

「じゃあな。短い間だったけど、まあそこそこ楽しかったよ。バッタ型ヒーローが相手だから準備も要るし、もう行くよ」

「あれだけやりたい放題やっといてそこそこって何ですか。というか、ベリアル様はもう少し落ち着きましょうよ。どうしてそう生き急ぐんスか、心配させないでくださいよ」

俺に問われたベリアルは、一瞬《いっしゅん》何かを言おうとして、困ったように苦笑すると――

「……あっさり行っちまったな。もうちょっとこう、昔みたいに遊びに行ったり、イチャついたりしたかったのに、ベリアル様はつれないな」

結局何も言わずに転送装置に入り込んだベリアルは、アリスの手により地球に帰った。

「……お前さんにはそう見えたのか。まあ、ベリアル様もこれ以上ここに居ると色々ヤバいと思ったんだろうな」

「ああ、そういえば言ってたな、バッタ型ヒーローが戦隊を組もうとしてるって。そりゃあヤバいなんてもんじゃねーわ」

地球の皆を心配する俺に向け、アリスが何か言いたそうな表情を浮かべている。

「そういう意味でヤバいって言ったんじゃないんだが、まあいいか……。ところで六号、気付いていたか？」

「……？　気付いたって、一体何を？」

アリスは空になった転送装置を眺《なが》めながら。

「何だかんだで最後には大きく領土を広げた事といい、グルネイド王族の姉弟間《きょうだい》のしがらみも解決した事といい……。ベリアル様は記憶《きおく》の一部が戻《もど》ってるだろ」

幕間⑤　――そして私は異星に向かう――

「ど、どうしたんだベリアル、いきなり泣かれるとビックリするよ！　何か大事な事でも思い出した⁉」

涙《なみだ》でぼやける視界の中に、リリスが慌《あわ》てる姿が映った。

ゆっくりと身を起こし辺りの様子を確認すると、ここがリリスの研究室だと分かる。

「いや、思い出したと言うか……」

随分《ずいぶん》と長い夢を見ていた。

アスタロトが秘密結社キサラギを作り、リリスと彼が加わった。

最初はうまくいかない事ばかりだったけど、徐々《じょじょ》に結社が大きくなった。

その分敵対勢力も増えたけど、それ以上に仲間が増えた。

このままずっとうまくいくと思っていた。

最初の頃《ころ》は、あれだけ喧嘩《けんか》していたアスタロトと彼が、仲良くなっていく姿を見るのは嬉《うれ》しかったし、苦しかった。

アスタロトは大事な親友だから、彼と仲良くなってくれて嬉しかった。

彼も大事な親友だから、アスタロトと彼が仲良くなっていくのが苦しかった。

どうして胸が苦しいと感じるのか、その理由が分かっているのに、今の関係を壊《こわ》したくなくて気持ちに嘘《うそ》を吐《つ》く、弱い自分が嫌《きら》いだった。

それでも、皆と一緒《いっしょ》に居るのは楽しくて、このままずっと続けばいいと願っていて――

ヒーローとの戦いで彼が大怪我《おおけが》を負わなかったら、きっとあのまま続いていた。

改造手術を受けて眠る彼を見て、私も手術を受ける事を決めた。

「ねえベリアル、辛《つら》いならもう止めよう。無理に思い出す事はないよ」

皆を守る力が欲しい。弱い自分とは真逆の性格の、誰《だれ》もが頼《たよ》る、強い人に――

脳の容量を多く使うほど強い力を得られると説明を受けた。

そして私は、リリスがギリギリを狙《ねら》ったと自慢《じまん》する、脳の容量設定のダイヤルを――

「あっ」

「……？　急に変な声を出してどうしたの？　ねえ、記憶の方は大丈夫《だいじょうぶ》？」

…………………今の私は強くなったと言えるだろうか？

戦う事に関してはキサラギで最も強い力を得られたけれど、まだ心まで強くなれたとは思っていない。

もう一度彼に会おう。そして、本当に強くなれたと実感出来たら、その時は――

「ねえ、さっきの『あっ』て何!?　おいベリアル、こっち見ろ！」

エピローグ

転送装置の前に立つアスタロトとリリスに向けて、ベリアルが笑みを浮かべ。

「ただいま」

「ただいまじゃないよ、こっちは大変だったんだぞ。ベリアルが留守にしている事がどっからか漏れて、ヒーロー達が反撃《はんげき》に出てきたんだからね」

能天気な挨拶を交わすベリアルに、リリスが口を尖《とが》らせた。

「キミに連絡《れんらく》を取ろうとしてもなぜか転送機は機能しないし、アジト街に連絡を取れば迷子になったと言われるし。挙げ句の果てには、怪我《けが》を負ったからしばらくの間向こうに残るって、一体何を相手にしてきたんだ」

「始原龍とかいうバカデカいドラゴンを六号と一緒に狩《か》ってきたんだ。お土産《みやげ》としてサンプルを持ってきたから、好きなように使ってくれよ」

ベリアルの言葉を受けて、なぜかリリスが固まった。

「へ、へえ？　モンパンみたいに、アイツと一狩りしてきたんだ。しかもドラゴンを」

「ああ、他にも色んな魔獣《まじゅう》を相手に暴れてきた。蛮族《ばんぞく》も蹴《け》散《ち》らしたし、周辺国を幾《いく》つか従属させたりもした。詳《くわ》しくは報告書を読んでくれよ」

色んな魔獣を相手に大暴れ……と、どこか羨《うらや》ましそうな顔でブツブツ言い出したリリスの横で、アスタロトが優しく微笑《ほほえ》む。

「本当にお疲《つか》れ様《さま》。リリスと違《ちが》って、迷子になってもちゃんと結果を出してくるのがベリアルらしいわね」

「あっ！　ちょ、ちょっと待って、その言い方だと僕が無能みたく聞こえるんだけど！」

心外だと言わんばかりのリリスだが。

「六号が言ってたけど、お前向こうで大分遊び呆《ほう》けてたみたいだな。アイツ、リリスが帰る際には特に引き留めもしませんでしたって言ってたぞ」

「あの野郎《やろう》！　ちょっとベリアル、そこどいて！　今から現地に行ってくる！」

そう言って転送装置に入ろうとするリリスの首根っこをアスタロトが捕《つか》まえた。

「バッタ型ヒーローが集結しているこの状況《じょうきょう》で行かせないわよ」

「すぐ帰ってくるから行かせてくれ、アイツを折檻《せっかん》してやらないと」

アスタロトに掴《つか》まれた白衣を器用に脱《ぬ》ぎ捨《す》て、転送装置に駆《か》け込《こ》もうとしたリリスが、今度はベリアルに捕獲《ほかく》される。

「お前を向こうに行かせたら絶対帰って来ないだろ。あたし達がヒーローを撃退《げきたい》するまで、そのまま遊び呆けるつもりだろ」

「そんなわけないだろ、それじゃ僕がヒーローにビビってるみたいじゃないか。ゲーマーでもないベリアルがドラゴン狩ったのが悔《くや》しいのさ。僕も一狩り行ってくる」

「ドラゴンの前にヒーローを狩りに行きなさい。本音を言えば私だって、現地に行きたいのを我慢《がまん》してるんだから……」

そう言ってため息を吐くアスタロトに、リリスがニヤニヤと笑みを浮《う》かべ。

「だから最近キミの機嫌が斜《なな》めなんだね。そんなに六号に会いたいのなら、ちょっとぐらい遊びに行けばいいのに」

「部下が戦ってるのに六号に会いに行くだなんて、そんなわけにはいかな……。……ちょっと何を言っているのか分からないわ。早く戦闘《せんとう》準備に入りなさい」

そっぽを向いてリリスを促《うなが》すアスタロトに、ベリアルが思い出したように言ってくる。

「そういえば六号が、アスタロトが最近機嫌《きげん》が悪いって気にしてたぞ。画面越《ご》しでも、たまに顔合わせる時ぐらい優しくしてやれよ。でないと現地人に盗《と》られちまうぞ」

「えっ!? アイツ、そんな事言ってたの？　そ、そう。まあ戦闘員にやる気を出させるのは幹部の仕事だし、そのぐらいは……」

画面越しでもちゃんと見て貰《もら》えていた事が嬉しいのか、口元が緩《ゆる》むアスタロト。

それを複雑そうな顔で見ていたベリアルが、思い出したように呟《つぶや》いた。

「……ああ、頼《たの》むよ。でないと、また六号が『いっそここに残りませんか？　もっと一緒に遊びたいっス』だの、『俺達と楽しく暮らしましょうよ』だの、あたしを口説こうとしてくるからな」

「「!?」」

突然《とつぜん》の爆弾《ばくだん》発言にアスタロトとリリスが動きを止める。

「そういえばさっき、僕が帰る際には引き留めもしなかったって言ったよね」

リリスの小さな呟きに、アスタロトがビクリと震《ふる》えた、その時だった。

『ヒーロー警報！　ヒーロー警報！　集結を終えたバッタ型ヒーローが襲撃《しゅうげき》の動きを見せています！　怪人《かいじん》、幹部の方達は、至急迎撃《げいげき》態勢に移ってください！』

キサラギ本部内に警報が鳴《な》り響《ひび》き、ヒーローによる敵襲《てきしゅう》が知らされる。

それを聞いたベリアルが、背負っていた土産をその場に下ろし、体を解すように肩《かた》を回した。

そんなベリアルの背中に向けて。

「ねえベリアル、僕最近思うんだけどさ。キミってちょっと変わったよね？　なんかバカっぽさが抜《ぬ》けたっていうか、どこが変わったかって言われると、上手く説明出来ないんだけど。現地に行って何かあった？　帰って来た時、ちょっとスッキリした顔していたし」

リリスの言葉を背に受けて、柔軟《じゅうなん》を終えたベリアルが振《ふ》り返《かえ》り。

「向こうで大怪我負ったからな。そのショックで記憶が戻ったのかもしれないぞ」

からかうような笑みを浮かべ、迎撃のために駆け出した。

「そんなのは後にして、私達も行くわよリリス！」

「ええ!?　だって気にならないの!?　アイツ、記憶が戻ったのかもって言ったよ！　現地で何かあったんだって！　六号絡《がら》みの何かがさ！」

ベリアルの背中を追い掛《か》けながら、アスタロトがリリスに言い返す。

「気にならないわけがないでしょう！　まずはヒーローを何とかするわよ、それからジックリ問《と》い詰《つ》めるの！」

「ちょっと怖《こわ》いよアスタロト！　そんなんだから六号に不機嫌呼ばわりされるんだ！」

二人の言い合いを背に受けながら。

溢《あふ》れてくる笑みをそのままに、ベリアルがヒーローの下へと突《つ》っ込んだ――！

あとがき

このたびは、『戦闘員《せんとういん》、派遣《はけん》します！』７巻を手に取っていただきありがとうございます、作者の暁《あかつき》なつめです。

久しぶりの新刊です。

どのぐらい久しぶりかと言うと、前巻発売から一年半ほど経ってます。

作者が遊び呆けていたとかそういうわけではないのですが、戦闘員の円盤《えんばん》特典を書いたり、監修《かんしゅう》したりと、書籍《しょせき》以外の仕事を頑張《がんば》ってました。

そう、円盤です。

この本が発売されるまでの間に、戦闘員のアニメが放送されました！

結構アニメに携《たずさ》わっている作者ですが、毎度これればかりは慣れません。

コロナ禍においてアフレコ作業も大変な中、スタッフの皆様《みなさま》が素晴らしいアニメを作ってくれました、興味のある方はぜひご覧になってくださいませ。

そして今巻ですが、カバーイラストの通りベリアル巻です。

元は名家のご令嬢《れいじょう》でしたが、改造手術により性格が真逆になってしまった幹部です。

まだ完全に記憶と人格を取り戻したわけではない彼女ですが、今後に期待です。

ベリアルに関してはまだ謎《なぞ》にしている設定が多く、ワーカホリック気味な事にも理由があるのですが、それはまた今後明かされるのではないかと思います。

リリスに関しては大した設定はありません、今後もずっとあんな感じです。

多分毎日ポテチ食いながら、漫画《まんが》読んだりゲームする合間に仕事してます。

今巻では始原龍なんてものも現れましたが、ラスボスを倒《たお》した後の周回プレイに出てくるような、ゲームの裏ボス的な存在だったりします。

そんなのが先に倒されてしまった世界がどうなるか、ぜひ続巻を期待して、応援《おうえん》して頂けるとありがたいです。

——というわけで、今巻も何度も締《し》め切《き》りをぶっちぎり、色んな方々に多大なご迷惑《めいわく》をお掛けしました。

なんか毎回謝っている気がしますが、カカオ・ランタン先生をはじめ担当さんやデザインさん、校正さんに営業の方々、そして関係者の皆様のおかげでどうにか刊行する事が出来ました。

出版に携わってくれた皆様に、お詫《わ》びとお礼の言葉を言いつつ。

この本を手に取ってくれた全ての読者の皆様に、あらためて、深く感謝を！

暁　なつめ

戦闘員《せんとういん》、派遣《はけん》します！7

著　暁《あかつき》 なつめ

角川スニーカー文庫　23072

2022年6月1日　初版発行

発行者　青柳昌行

発　行　株式会社KADOKAWA
〒102-8177 東京都千代田区富士見2-13-3
電話　0570-002-301（ナビダイヤル）

印刷所　株式会社暁印刷
製本所　本間製本株式会社

◇◇◇

●お問い合わせ
https://www.kadokawa.co.jp/（「お問い合わせ」へお進みください）
※内容によっては、お答えできない場合があります。
※サポートは日本国内のみとさせていただきます。
※Japanese text only

Printed in Japan　ISBN 978-4-04-109538-6　C0193

★ご意見、ご感想をお送りください★
〒102-8177 東京都千代田区富士見 2-13-3
株式会社KADOKAWA　角川スニーカー文庫編集部気付
「暁 なつめ」先生「カカオ・ランタン」先生